Cornelia Travnicek Die Asche meiner Schwester

Cornelia Travnicek

Die Asche meiner Schwester

Literaturedition Niederösterreich

Impressum

Die LITERATUREDITION NIEDERÖSTERREICH
wird von der Abteilung Kultur und Wissenschaft des Amtes
der NÖ Landesregierung herausgegeben.
Planung und Projektbetreuung:
Mag. Gabriele Ecker
KULTUR NIEDERÖSTERREICH
Umschlag- und Buchgestaltung:
EBELING | Visuelle Kommunikation, 1030 Wien
Gesamtherstellung:
Grasl Druck und Neue Medien GmbH, 2540 Bad Vöslau

ISBN 978-3-901117-98-5

Wer hat sich noch nicht in einer großen Menschenmenge bewegt, erschlagen von der Bewusstheit zahlreicher denkender Wesen, begraben von der Fülle und der Vielfalt der Erfahrungen.
Jedes dieser Wesen sieht ein wenig etwas anderes, selbst wenn es das Gleiche erlebt wie wir selbst und wenn auch nur, weil der physische Blickwinkel ein anderer ist.
Und in meinem Bild der Dinge wird immer ein weißer Fleck bleiben, der genau meine Form hat.
Jeder fehlt in seinem eigenen Bild.

Als kleines Kind saß ich oft lange still und bewegte mich nicht, verwundert darüber, wie gut die Welt auch ohne mich funktionierte. Nichts bleibt stehen. Die Erkenntnis, dass ein Leben ohne mich möglich wäre, fraß sich durch mein Selbstbewusstsein.
Ich beobachtete die Menschen um mich und wollte in ihre Köpfe sehen können. Die anderen.
Die anderen waren in meinem Leben nur Statisten, ich war die Hauptfigur, und der Gedanke daran, dass jeder von ihnen seine eigene Hauptfigur sein könnte, ein ganz eigenes Leben führen könnte, von dem mir nichts oder nur Teile bekannt waren und in dem ich vielleicht gar keine Rolle spielte, machte mich fast ärgerlich. Mein Ego wollte ihnen den Anspruch, ein von mir unabhängiges

Individuum zu sein, nicht gewähren, wollte eine Abhängigkeit von mir, wollte zumindest jede ihrer Geschichten kennen. Wollte in ihren Köpfen mitlesen.
Ich hätte doch nur festgestellt, dass meine eigene Rolle nicht so groß war, wie ich immer dachte.

Die Austauschbarkeit jedes Einzelnen machte mich fast krank. Wie oft sagt man *„Was würde ich nur ohne dich tun"* und der andere nickt dazu. Dabei wäre doch die einzige wahre Antwort, dass wir es gar nicht wüssten, wenn jemand nicht da wäre, und wahrscheinlich einfach jemand anderes seinen Platz einnehmen würde.
Verliebt zu sein ist ein gutes Beispiel. Theoretisch gesehen kann man wohl mit einer ziemlich großen Menge an Menschen ziemlich glücklich sein. Welcher dieser Menschen es dann ist, entscheidet nichts als der Zeitpunkt der Begegnung.

1

Mutters Schatten wurde umso größer, als sie uns verließ. Was früher aber schützend auf uns gelegen hatte, war nun übermächtig und nahm uns die Sonne.
Wahrscheinlich war es kindliche Einbildung, aber ich hing oft dem Gedanken nach, dass meine Schwester deswegen das Wachsen einstellte. Sie blieb einen halben Kopf kleiner als ich.
Nachts weinte sich meine Schwester in den Schlaf und beorderte damit unseren Vater zum Dienst. Er saß an ihrem Bett und strich ihr über das Haar. Ich lag mit dem Rücken zu ihnen und dem Gesicht zur Wand. Seine Wangen fielen ein, und seine Augen zogen sich in ihre Höhlen zurück. Ich packte meine Bücher in zwei Bananenschachteln und übersiedelte vom rechten Dachgeschoßzimmer in das linke.

Das Haar meines Freundes ist nussfarben und reicht bis knapp über die Augenbrauen. Er streicht es immer halb aus dem Gesicht und legt seine lachenden Augen frei. Manchmal fasst er mich fest an den Hüften und beißt mich in die Schulter.

„Wann nimmst du mich mal mit zu dir nach Hause?“
Ich drehe den Kopf zur Seite als er mich küssen will.
„Bald“, sage ich, „bald einmal.“

Sobald meiner Schwester das Wasser in die Augen trat, wollte ich sie schlagen. Ich wollte, dass Vater seinen müden Kopf an meine Schulter legen würde, und dass er einmal Danke sagen würde, das wollte ich auch. Sie hingegen sog die Gefühle anderer Menschen in sich auf wie eine unscheinbare Wüstenblume den Regen, bewundert nicht für ihre Schönheit oder ihren Zweck, sondern rein dafür, dass sie überlebte.

Am Tag, als ich meine Kisten packte, stand sie im blassrosa lackierten Türrahmen und kaute am Ohr ihres Teddybären.
„Was machst du da?“
Ich trug meine Sachen an ihr vorbei und sagte kein Wort. Ihre Stimme war unterlegt von einem angekündigten Weinen.
„Warum trägst du deine Sachen in das andere Zimmer?“
„Ich will ein eigenes Zimmer haben.“
„Das darfst du nicht, das sage ich Papa, der erlaubt dir das nicht.“
Metallgeschmack in meinem Mund, als ich mir auf die

Unterlippe biss. Mein Vater war mit anderen Dingen beschäftigt.
Meine Schwester kreischte: „Das darfst du nicht!“, und stampfte mit dem Bein auf.
Dann verzog sie ihre Mundwinkel nach unten und ich wollte ihr sagen, wie hässlich das aussah, wie sehr sie das entstellte. Ich hielt das Bild in meinem Gedächtnis fest und schloss meine Tür hinter mir.
Draußen konnte ich sie die Stiegen hinunter laufen hören, verzweifelt darüber, dass Vater noch nicht zu Hause war und niemand da, der ihr sagen hätte können, was für ein armes Kind sie nicht wäre.

Als Vater abends nach Hause kam, stellte ich das Essen vor ihn auf den Tisch. Meine Schwester kaute nun am Ohr meines Vaters. Er aß schweigend.
Später, als er sie ins Bett gebracht hatte, sagte er zu mir ich solle netter zu meiner Schwester sein. Ich wusste, dass sie hinter der Tür stand und lauschte, also nickte ich nur.

Ich lasse mich erweichen. Er folgt mir nach Hause, obwohl eher ich ihm nachlaufe als er mir. Er scheint den Weg zu kennen.
Vater ist nicht da, als wir eintreten, fast bin ich ein wenig erleichtert. Meine Schwester liegt am Sofa. Sie reagiert

nicht, als ich sie anspreche. Erst als mein Freund sie grüßt, sieht sie ihn an. Mit weit aufgerissenen Augen und leicht geöffnetem Mund, und ihr Blick ist es, der sagt: Ich bin klein und verlassen, bitte liebe mich. Ich greife nach der Hand meines Freundes und ihn fröstelt. Wir verbringen den Nachmittag in meinem Zimmer, wir hören Musik, und er fasst mich um die Hüften, aber ich bin weit weg.

Ihre Schulnoten sackten mit einem Mal ins Bodenlose. Vater verbrachte seine Vormittage in Sprechstunden und seine Freizeit bei Elternabenden. Er lernte abends in ihrem Zimmer mit ihr Vokabeln und mathematische Formeln. Ich tauchte in der Badewanne unter, damit die Welt ein Stück weiter weg war und nur noch gedämpft und verschwommen zu mir drang.

Es wird ein neuer Sommer, heiß schon ab Mitte Mai. Die Sonne macht meine Schwester krank und zwingt sie in ihr Zimmer. Sagt sie. Ich fange an laut über die Sätze meines Freundes zu lachen. Der Schulabschluss kommt näher. Vaters tief liegende Augen folgen uns durch das Haus.

Es ist ein Donnerstag, an dem ich zu spät nach Hause komme. In den letzten Tage ist es lange hell, aber dann wird es plötzlich dunkel. Der Schlüssel lässt sich geräuschlos im Schloss drehen und meine Schritte fühlen sich seltsam leicht an. Vater ist nicht in seinem Zimmer, ich mache Licht in der Küche und nehme mir ein Glas Eistee aus dem Kühlschrank. Die Kälte schmerzt an meinen Zähnen. Aus dem oberen Stockwerk kommen Geräusche.

Ich denke, dass sie weint. Der Teppichboden schluckt meine Schritte, als ich auf ihre Tür zugehe, sie ist nur angelehnt. Ich stoße mit zwei Finger daran, so dass sie langsam ein Stück aufschwingt. Im Zimmer hängt das Dämmerlicht, und ich kann sie sehen. Die weiße Winterhaut meiner Schwester leuchtet, und er ist wie ein Schatten über ihr. Die Kontur seines Körpers ist mir so vertraut wie die meines eigenen.

Im Türspalt bleibe ich stehen und es wird mir bewusst, dass mein Herzschlag kurz einen anderen Rhythmus hat, der mir die Luft nimmt. Ich spüre dem Gefühl nach, und frage mich, wie es sich wohl anfühlt, wenn das Herz einfach stehen bleibt und man stirbt. Meine Schwester wendet mir ihr weißes Gesicht zu, ich kann ihre Augen sehen. Sie sieht mich an, und ich bilde mir ein, sie würde lächeln.

Von da an ist mein Freund ihr Freund, kein Stück mehr meiner, vom einen auf den anderen Tag. Beim Frühstück

kann ich sie nicht ansehen.
„Gibst du mir bitte die Marmelade?“
Ich stelle sie ihr hin und mir vor, dass erdbeermarmeladenfarbene Flüssigkeit aus ihrem Mund läuft. Weil ich sie geschlagen habe.
„Ist noch Toast da?“
„Ja.“
Ich beiße in mein Brötchen.

Mir scheint, als würde sie ihn mir vorführen, so als wäre er ein neues Accessoire für den Sommer, das sie jeden Tag trägt. Ich sehe ihn und sie immer gerade an und spreche das Nötigste. Er sagt nichts über das Ende von dem, was wir hatten.

Meine Schwester beginnt, die Kleider unserer Mutter zu tragen. Alles wird wieder modern, sagt sie immer, meine Schwester. Aber meine Schwester ist etwas größer und dünner als Mutter war, sie sieht in den Kleidern aus wie eine Schaufensterpuppe, und die Ringe rutschen ihr von den Fingern. An Vaters Ausdruck kann ich sehen, wie sehr sie ihm weh tut damit. Dann greift er nach mir, und es bleibt mir nichts übrig, als da zu sein.
An manchen Tagen versuche ich, mich wie ein Chamäleon an die Farbe der Wände in unserem Haus anzupassen,

mich dann darin zu verlieren und schlussendlich aufzulösen.

Meine Periode bleibt aus. Ich schiebe es auf den Stress in der Schule. Drei Wochen später sagt mir ein Test, ich wäre schwanger. Ich halte den Streifen in der Hand und sehe nicht hin, sauge den Uringeruch im Badezimmer tief in mich hinein.

Ich sehe einen Film. Mein Bauch wird immer größer. Am Tag der Geburt fahre ich alleine ins Krankenhaus. Er und meine Schwester kommen Hand in Hand in mein Zimmer. Vater sitzt mit leerem Blick auf einem Sessel und hält ein geschlechtsloses Kind im Arm. Ich sehe es an, und es ist mir fremd. Meine Schwester bekommt am Tag der Geburt ihrer Tochter Luftballons und Blumen geschenkt. Ihre Freundinnen helfen ihr, einen Namen auszuwählen. Mein Kind wird so groß, dass es mir in die Augen sehen kann, und ich frage mich, wer es eigentlich ist. Es zieht aus. Ich sitze alleine im Haus und betrachte Vaters Bild an der Wand.

Ich sage nichts, verstecke mich zwei Wochen in meinem Zimmer hinter einer Krankheit. Am Nachmittag, wenn niemand zu Hause ist, springe ich im Garten von der

Mauer auf den Boden, immer wieder. Den Test mache ich noch zweimal. Er sagt mir immer wieder das Gleiche.

Ihn kann ich nicht ansehen. Er küsst meine Schwester auf die Stirn. In meinem Zimmer schlage ich mit der Faust gegen den Schrank bis meine Knöchel blau anschwellen.

Am Ende der zwei Wochen suche ich meinen alten Strickkoffer. Ich trenne einen Rest Gestricktes wieder in einen langen roten Wollfaden auf. Ordentlich forme ich ein Knäuel daraus, klein, rund und fest. Es sieht so aus, als würde es nur auf ein grau meliertes Kätzchen warten. Ich stecke es in den Mund und beiße darauf.

Am nächsten Morgen wache ich spät auf, die Sonne scheint mir ins Gesicht. Auf meiner Nase haben sich kleine Schweißtropfen gebildet. Die schmutzigen Laken wasche ich mit der Hand in der Badewanne und werfe sie in den Trockner.
Ich setze mich auf die Terrasse und halte die Augen geschlossen.
„Was ist los?"
Meine Schwester steht vor mir.
„Warum?"

„Du bist ganz blass im Gesicht."
„Mir ist einfach nicht gut."
Sie nickt und ist mit ihren Gedanken schon wieder woanders, zupft an einer Blüte bis diese ihre Blätter verliert.

Der letzte Test, den ich mache, ist negativ. Ich verpacke ihn wieder und gehe damit zu einem öffentlichen Papierkorb, zwei Straßen weit von unserem Haus. Beim Wegwerfen glaube ich die Vorhänge der umliegenden Häuser würden sich bewegen. Ich sehe Hände, die vorsichtig Vorhangstoff anheben, und Nasen, die sich am Glas platt drücken.

Zu Hause liegt meine Schwester in einem Kinderplanschbecken aus Plastik. Ihr Freund schüttet kaltes Wasser über sie. Ihr Mund ist so weit aufgerissen, dass man ihre Zunge sehen kann. Ihr Kreischen und das Zappeln ihrer Beine verfolgen mich.

Der Schulabschluss geht vorüber. Die Jahre liegen nun in einer endlosen Reihe vor mir. Ich pflanze Blumen im Garten und mache das Essen. Manchmal wische ich den Staub vom Fernseher. Der Freund meiner Schwester ist fast jeden Tag in unserem Haus.

Im Büro muss ich lange Hosen und hochgeschlossene T-Shirts und Blusen tragen. Das Wasser läuft mir über den Rücken und sammelt sich am Rand meiner Jeans. Daheim angekommen, schmeiße ich die klebrige Kleidung von mir und steige in leichte Röcke und Bikinioberteile.

Ich mache frischen Eistee in der Küche, schneide die Zitrone in Scheiben und messe Zucker ab. Er steht hinter mir. Ich warte, dass er geht, er geht nicht. Er tritt näher. Ich spüre auf einmal seine Hand, wie sie sich von hinten unter meinen Rock schiebt, und alle meine Muskeln spannen sich an. Sein Atem streift meinen Nacken und ich erschauere, was meine Erstarrung löst.

„Was soll das?“

Ich drehe mich um und sehe ihn an. Das Zitronenmesser in meiner rechten Hand.

Er fasst mir an die Brüste.

„Nimm die Finger weg!“

Drohend hebe ich das Messer.

Er lacht und ich kann seinen Gaumen sehen. Das macht mich wütend.

„Du willst es doch auch.“

Wieder kommt er näher.

„Ich will nie wieder irgendetwas von dir!“

Ich versuche, meine Stimme so hart wie möglich klingen zu lassen, aber am Ende des Satzes bricht sie ein.
Mit der linken Hand fasst er mir um die Hüfte und mit der rechten wieder unter den Rock, er versucht, mich zu küssen.
Ich reiße mit aller Kraft ein Knie nach oben. Er taumelt ein Stück zurück, aber er lässt nicht los. Mit einem Mal fühlt sich alles in mir kalt an und ich steche das Zitronenmesser in seinen Unterarm. Noch einmal trete ich fest zu.

Kurz bleibe ich stehen und betrachte die Szene, lasse das Messer fallen. Ich rufe selbst die Polizei an. Dann laufe ich in mein Zimmer und sperre die Tür hinter mir zu.
Ich höre Sirenen, und mit dem Polizeiauto kommt ein Rettungswagen, sie bringen ihn weg, ich kann es vom Fenster aus sehen. Ein zweiter Rettungswagen holt meine Schwester.
Die Nachbarn sagen später, sie hätte einen Nervenzusammenbruch gehabt, weil ich aus Eifersucht auf ihren Freund losgegangen wäre. Ich sage nichts. Mein Vater schweigt.

2

Manchmal muss einer die Welt retten. Oder zumindest einen guten Grund dafür haben, gerade jetzt nicht zu Hause zu sein. Darum kämpft sich in diesem Moment ein junger, etwas unterdurchschnittlich großer Mann namens Joshua Maier durch den indonesischen Urwald.

Eigentlich sollte Joshuas Nachname ben Jesse, Blumfeld oder etwas in dieser Art lauten. Doch seine Großmutter war keine Jüdin, sondern eine Österreicherin, die einen deutschen Juden zuerst in ihr Herz und dann ihre Wohnung schloss und ihn durch das Wegschließen und eine Heirat vor den Nazis rettete. So bescherte sie Joshuas Vater und damit auch ihm den äußerst unspektakulären Nachnamen Maier. Joshuas Vater addierte dazu noch eine unjüdische Tschechin als Joshuas Mutter. Da nur Jude sein kann, wessen Mutter eine Jüdin ist, war Joshua nun zweimal kein Jude.

Im Kopf des kleinen Joshua fand sich nie eine Erklärung dafür, warum man, wenn man schon Maier im Nachnamen heißt, nicht wenigstens im Vornamen Michael oder Stefan heißen konnte. Im äußersten Fall vielleicht noch Theodor. Seine Mutter war eine Sozialistin und hätte den Jungen lieber Pawel getauft.

So wuchs Joshua zwischen urwienerischer Gemütlichkeit, tschechischen Sozialismusnachwehen und väterlicher Verwirrung auf. Sein Großvater, der einzige Grund für seinen Vornamen, starb früh und hinterließ nichts als die dumpfe Erinnerung an einige jiddische Gesprächsbrocken, und dann und wann entkam der Großmutter ein jiddisches Wort. Das trieb immer eine kleine Träne in den Augenwinkel des linken Großmutterauges und entrang der Großmutterbrust einen tiefen Seufzer.

Hineingeboren in die Desorientierung war der Junge die meiste Zeit seines Lebens damit beschäftigt, sich nicht zu verlieren. Mit dreizehn verlor er zusätzlich noch seinen Vater, der zwar nicht gerade der sprichwörtliche Fels in der Brandung, aber immerhin das einzige männliche Vorbild in der kleinen Familie war.

In der Oberstufe des Realgymnasiums sah Joshua ein, dass er zweifelsohne, bedingt durch seine Lebensumstände und Familienverhältnisse, ein psychisches Problem hatte. Kein großes, das auffallend gewesen wäre. Eher eine kleine interessante Macke, ein paar Unregelmäßigkeiten.

Er überredete den Hausarzt mit Hinweis auf eine mögliche Depression, ausgelöst durch ein fehlendes klar definiertes Selbstbild, dazu, ihn an einen Psychologen zu überweisen. Nach einigen Sitzungen war Joshua klar, dass zu viele Menschen Probleme in ihrem Leben hatten, die sie selbst gar nicht erkannten. Um der Menschheit einen Gefallen zu tun und weil er sowieso nicht wusste, was er einmal werden sollte, entschloss er sich, Psychologie zu studieren.

Das Zusammentreffen mit einer neunzehnjährigen Rothaarigen im ersten Semester Linguistik brachte ihm schnell ein Zweitstudium in diesem Fach und eine zwei Jahre dauernde Beziehung ein. Die letzten Auswirkungen der Beziehung waren ein abgebrochenes Linguistikstudium und eine Verzögerung seines Abschlusses in Psychologie um ein ganzes Jahr.

Mit dem Diplom in der Hand und den Stimmen seiner Mutter und Großmutter im Ohr, die ihn drängten, doch etwas Nützliches aus seinem Leben zu machen, meldete er sich kurzentschlossen als Freiwilliger zu einem Trupp missionarischer Entwicklungshelfer, weil irgendjemand ja einmal anfangen musste mit dem Retten der Welt und weil er sich zu diesem Zeitpunkt keine bessere Ausrede für das Verlassen seiner Heimat vorstellen konnte.

Das Projekt hatte aber schon begonnen, und er wurde nur wegen seiner besonderen Ausbildung nachträglich aufgenommen. Darum saß er bis vor kurzem in einem kleinen, einmotorigen Flugzeug, dessen Pilot genau einen Satz – „No problem!“ – Englisch konnte und klammerte sich verzweifelt am Sitz fest. Seine Höhenangst peinigte ihn während des ganzen Fluges mit der Illusion rasch näherkommender Baumwipfel, denen bald der Boden des Urwaldes folgen würde.
Als er mit noch sehr weichen Knien und flauem Magen aus dem Flugzeug stieg, schulterte ein indonesischer Führer einen seiner Rucksäcke und begann einfach in eine Richtung in den Dschungel hineinzugehen. Joshua folgte ihm, bald keuchend, wütend sein Buschmesser schwingend, auf dem unsichtbaren Weg.

Die letzte Rast liegt für Joshua mehrere gefühlte Ewigkeiten zurück und seine Feldflasche ist leer. Dafür ist seine Kleidung bis zur untersten Schicht durchnässt, was zu einem kleinen Teil auf die hohe Luftfeuchtigkeit und zu einem größeren Teil auf die unkontrollierte Schweißproduktion seines Körpers zurückzuführen ist. Das Buschmesser liegt schwer in seiner rechten Hand, aber mit der linken würde er gar nicht genug Schwung aufbringen, um das dicke Grün zu zerhacken. Die Regenwaldzerstörung scheint ihm in diesen Moment gar kein so großes Problem mehr, sogar etwas Symphatie für die Rodungsindustrie steigt in ihm hoch.

Genau in jenem Moment der unrühmlichen Gedanken ist der Urwald plötzlich zu Ende, vor ihm liegt ein großes Dorf aus Rundhäusern, besser gesagt: steht, und er liegt auf einmal am Boden, den einen Fuß in einer Wurzel verfangen und mit der Wange im Schmutz. Von seitlich unten sieht er ein Paar schöne Frauenbeine, unterdurchschnittlich lang, was nichts macht, weil die Frau selbst nicht so groß ist, wodurch die Proportionen wieder genau stimmen. Die schönen Frauenbeine stecken in schmutzverkrusteten, derben Lederschuhen, die so gar nicht zu diesem Augenblick passen wollen. Aber die Hand der Frau, die sich ihm helfend entgegenstreckt, sieht weich und gepflegt aus.

Allerdings bleibt die Hand außerhalb seiner Reichweite, was ihn etwas verwirrt, bis die Stimme der Frau zu ihm durchdringt.

„Kannst du mir mal den Stift dort geben?“

Er verfolgt mit den Augen die Linie des ausgestreckten Zeigerfingers und sieht, dass die Frau nicht auf ihn, sondern auf eine Bleistiftschachtel auf einem Baumstumpf neben ihm zeigt. Sie hält in der anderen Hand einen großen Zeichenblock, und ihre Haare hängen ihr wirr ins Gesicht. Sie streicht sie weg, und ihre Finger hinterlassen Zeichenkreide auf ihrer Wange.

„Natürlich."

Er steht auf und glättet seine Kleidung, wischt sich den Schmutz von seinen Händen in die Hose. Als er ihr die Bleistiftschachtel reicht, bemüht er sich um ein Lächeln.

„Hallo, ich bin Joshua. Psychologe."

„Ach ja?"

Die Frau mustert ihn einmal von unten nach oben, dann dreht sie sich um. Mit schnellen Strichen skizziert sie drei spielende Kinder. Obwohl er noch einige Minuten stehen bleibt, macht sie keine Anstalten mehr, sich mit ihm zu unterhalten.

Vom Leiter des Projektes bekommt Joshua seine eigene kleine Rundhütte zugewiesen. Darin befinden sich ein Holztisch, ein Holzsessel, eine Schlafmatte und über der Matte ein Moskitonetz. Das kleine Fenster der Hütte hat kein Gitter, und der Eingang wird mit einer Art Wandvorhang abgedeckt. Der Boden ist gestampfte Erde, die man, um ihn zu reinigen, einfach fegt. In einer runden Hütte gibt es keine Ecken, in die man Sachen stellen könnte. Also legt Joshua einen Rucksack als Kopfpolster auf seine Schlafstelle und den anderen einstweilen auf den Tisch.

„Wo kann ich mich waschen?“
Der Leiter wirft Joshua, der mit Handtuch und Zahnbürste in der Hand vor ihm steht nur einen schnellen Seitenblick zu. Dann zeigt er auf den Fluss, der am Dorf vorbeiführt. Eigentlich ist es mehr ein sehr träger Bach, mit nicht so klarem Wasser, wie Joshua es gehofft hatte. Er taucht den Kopf unter Wasser und lässt dabei die Augen offen, für den Fall dass es neugierige oder gar hungrige Tiere in diesem Gewässer geben sollte. Ein Fisch sieht ihn kurz an und Joshua gräbt in seinem Gedächtnis nach dem Abbild eines Piranhas. Bevor er ob seiner biologischen Unwissenheit in Panik geraten kann, schwimmt der Fisch davon – vielleicht nur, um seine Gefährten zu holen. Joshua verlässt sicherheitshalber das Wasser. Er beschließt, sich in Kürze nach den Gefahren der Fauna und Flora vor Ort zu erkundigen.

Erst einmal hat er nicht viel zu tun. Die ersten drei Tage sollen eine Art Akklimatisierungsphase sein. Also beschäftigt er sich vorwiegend damit, seinen Jetlag auszuschlafen, das Dorf zu erkunden und die zeichnende Frau zu beobachten. Er versucht, seine Hütte etwas wohnlicher zu gestalten, und scheitert dabei kläglich. Nachts verkriecht er sich im Leinenschlafsack und würde sich am liebsten zusätzlich in ein großes Moskitonetz einwickeln. Das Geräusch von Flügeln und vielen kleinen Füßen verfolgt ihn bis in seine unangenehmen Träume. Oft schreckt ihn das Gefühl von Insektenbeinen auf seinem Gesicht hoch. Und er fragt sich, ob es nicht doch eine bessere Möglichkeit gegeben hätte, um von zu Hause wegzulaufen. Die Weltrettung befindet sich für ihn momentan in weiter Ferne.

Am vierten Tag, noch weit davon entfernt, alle Tiere in seiner Umgebung bei ihren Namen nennen zu können, hockt er zu Mittag bei einer Dose halbwarmer Bohnen aus seinem Vorrat am Kochfeuer, als sich unerwartet die Zeichnerin zu ihm setzt. Sie rührt Eier und Mehl mit Ziegenmilch und einigen seltsamen Pflanzenteilen zusammen und beginnt, in einer alten Pfanne einer Art Palatschinke zu backen. Nur viel dicker. Als der Eierkuchen fertig ist, reißt sie mit den Fingern davon fettige Teile ab und steckt sie sich genüsslich in ihren Mund. Dabei wirft sie einen geringschätzigen Blick auf seine Dosenmahlzeit. Er selbst stochert leicht verzweifelt mit seiner verbogenen Gabel darin herum. Sie hält ihm die Pfanne hin.
„Magst du auch einmal?"
Sie blickt ihm direkt ins Gesicht, und er sieht ein paar etwas zu kleine, aber sehr helle und runde Augen, hoch geschwungene Augenbrauen, die dünn gezupft sind, und einen schmalen, spitzen Mund, wie ihn sich Geishas

schminken. Fasziniert starrt er in dieses Puppengesicht, und am meisten beschäftigt ihn die Frage, wie sie hier im Urwald wohl ihre Augenbrauen in dieser Form hält, doch diese Dinge würden wohl immer zum Geheimnis gehören, welches für ihn die Frauen ausmacht. Er verbrennt sich seine Finger an der Pfanne und steckt sie samt dem Eierkuchen in den Mund, um das zu verbergen.
„Lecker." Er kaut vor sich hin.
Es schmeckt keineswegs süß, aber auch nicht zu sauer, und die Grundnote der Kräuterkomposition darin ist ähnlich wie Frühlingszwiebel oder gar Bärlauch.
Sie backt noch einen zweiten dieser Eierkuchen in der Pfanne und schenkt ihm die Hälfte davon. Als sie aufsteht und zu ihrer Hütte zurückgeht, bildet er sich ein, sie würde extra für ihn in einen weicheren Gang fallen, ihre Hüften mehr wiegen. Fast erwartet er, sie würde sich umdrehen und ihm zulächeln, aber das macht sie nicht.

Als Psychologe soll er sich mit den verschiedenen Eigenheiten der Einheimischen beschäftigen, und dazu soll er außerdem seine linguistischen Fähigkeiten einsetzen, auch um etwas von der Sprache zu lernen. Alles, was er von seinem Studium der Linguistik behalten hat, ist der Duft roten Haares.

Er spricht mit Händen und Füßen zu den Einheimischen und begleitet seine Erklärungen immer mit einem gemischt englischen und deutschen Wortschwall. Die Kinder laufen lachend um ihn herum und alte Männer sitzen stundenlang vor ihm und hören zu. Er hat das Gefühl, auf keinen Fall irgendwelche Fortschritte zu machen, aber der Leiter des Projektes klopft ihm immer wieder mal im Vorbeigehen auf die Schulter.
„Wird ja schon", sagt er und grinst breit.
Joshua lächelt etwas unsicher zurück und versucht weiter, etwas über die lokalen Heiratspraktiken und das Sexualverhalten herauszufinden. Als er seine Erklärungen und Fragen mit einigen eindeutigen Gesten untermalt, unterbricht ihn mit einem Mal lautes Gelächter. Die Puppenfrau wäre vor Lachen fast von ihrem Baumstumpf gefallen.
Joshuas Kopf läuft rot an, was er an der Hitze in seinen Wangen merkt. Die Einheimischen lachen einfach mit. Er dreht sich um und verbringt den Rest des Tages damit, den Rand des Urwaldes zu erkunden. Dabei setzt er sein Buschmesser intensiver als notwendig ein.

Im Laufe der nächsten Woche lebt er sich gut im Dorf ein. Er und die Zeichnerin treffen einander jedes Mal zum gemeinsamen Mittagessen an der Feuerstelle, und er hält das nicht für Zufall. Auch wacht er nicht mehr so oft auf, um nach den Moskitos zu schlagen.

An einem Abend sitzen alle gemeinsam am Lagerfeuer und eine alberne Stimmung kommt auf. Irgendjemand hat zwei Flaschen undefinierbaren, unetikettierten Alkohol zum Abendessen mitgebracht und die ganze Projektgruppe befindet sich in leicht angeheiterter Stimmung.

„Was zeichnest du eigentlich die ganze Zeit?"

Er lehnt sich zu weit zu ihr, als er das fragt. Doch sie rückt nicht weg.

„Die Menschen", antwortet sie und blickt ihn ernsthaft an. Dabei saugt sie ihre Unterlippe etwas ein.

„Die Menschen, aha."

Er weiß nicht, was er darauf sagen soll.

Nach einer Weile beschließt er, das Gespräch, das noch gar keines war, fortzusetzen.

„Warum bist du eigentlich hier?" Er muss sie dicht an ihrem Ohr fragen, denn die Gruppe singt lauthals zu zwei Gitarren.

„Einfach nur so", sagt sie.

„Einfach nur so?"

Unbefriedigt starrt er in das Feuer. Der Gesang langweilt ihn. Er bereut, selbst kein Instrument gelernt zu haben, und stochert mit einem Ast in der Glut.

Gerade als er sich erhebt, um schlafen zu gehen, steht die Frau auf und nimmt ihn an der Hand.

„Willst du dir meine Zeichnungen ansehen?", fragt sie und zieht ihn schon hinter sich her in ihre Hütte. Sein Kopf ist etwas schwer vom Alkohol, und freudige Erwartung verleiht ihm einen dümmlichen Gesichtsausdruck. Sie macht das kleine Gaslicht an und zieht drei dicke Blöcke aus einer großen Umhängetasche.
Zu jedem der Bilder gibt sie eine Erklärung ab oder erzählt eine kurze Geschichte. Alle sind Bleistift- oder Kohlezeichnungen, einige sparsam mit Buntstiften koloriert. Mit jedem Bild sinken seine Augenlider etwas tiefer, aber immer wenn sie ihre Stimme hebt, reißt er sie wieder hoch und bemüht sich um einen geraden und aufmerksamen Blick.
Ihre Augen spiegeln das Lagerfeuer wider, als sie von den Einheimischen spricht. Er beobachtet länger ihre Augen, als er ihr zuhören kann.

Am nächsten Morgen schmeckt er beim Aufwachen Erde. Mühsam steht er auf und streckt sich. Dabei stößt er mit der einen Hand gegen das Strohdach und verursacht einen Strohteilchennieselregen. Die Frau liegt leise atmend unter dem Moskitonetz. Er wirft einen Blick auf die geöffneten Zeichenblöcke. Dabei bemerkt er etwas. Er tritt näher und hebt einen auf. Noch immer nicht sicher, tritt er mit dem Block in der Hand in die Tür und blinzelt in das

Sonnenlicht. Er hat sich nicht geirrt, die Zeichnung zeigt ihn in Embryonalstellung auf dem Boden. Die eine Hand liegt so, als wäre die Zeichnerin versucht gewesen, ihn daumenlutschend darzustellen.
Die Frau unter dem Moskitonetz bewegt sich und gibt glucksende Geräusche von sich. Er reißt das Blatt aus dem Block, steckt es ein und verlässt die Hütte.

Immer noch taucht er aus Angst vor den Tieren im Wasser mit offenen Augen. Die Kühle vertreibt den letzten Rest Alkohol aus seinem Körper. Sobald man aber das Wasser verlässt, weiß man nicht mehr, wo die Wassertropfen aufhören und der Schweiß anfängt. Das sind die saubersten drei Sekunden des Tages. Er genießt sie so intensiv wie möglich, dass es fast schon anstrengend ist.
Doch als er sich die Augen gerieben hat, sieht er auf einmal eine komplett veränderte Szene vor sich. Das ruhige Dorf ist von einem Moment zum anderen ein aufgeregter Haufen geworden. In der Mitte der Unruhe befindet sich eine Gruppe von Männern, die auf Stangen anscheinend Jagdbeute nach Hause gebracht haben. Einer dieser Männer ist erstens eindeutig kein Eingeborener und zweitens ein wenig zu leicht bekleidet für einen Europäer. Gerade schlägt er sich an die behaarte Brust wie ein Gorilla.

Joshua will sich angewidert abwenden, als er die Zeichnerin aus ihrer Hütte laufen sieht.
Sie rennt geradewegs auf den Gorillamann zu und fällt ihm in die Arme. Wäre jemand in der Nähe gestanden, dann hätte er Joshuas Zähne knirschen gehört.
Den restlichen Tag verbringt er mit angestrengtem Gestikulieren vor den Einheimischen, die dabei genüsslich auf frisch gebratenem Fleisch kauen und sich eigentlich lieber anderen Dingen widmen würden.

Am Ende des Tages weiß Joshua, dass die Jägertruppe fast zwei Wochen lange den Dschungel durchstreift hat. Der Gorillamann ist ein Biologe und der Freund der Puppenfrau. Bei dem Gedanken schüttelt sich Joshua. Die Schöne und das Biest. Der Möchtegerntarzan hat die Einheimischen angeblich zu Forschungszwecken begleitet. Joshuas Ansicht nach war der einzige Grund aber lediglich, dass sonst in der zivilisierten Gesellschaft kein weißer Mann einen Lendenschurz tragen könnte. Und mit bloßen Händen und Zähnen auf Tiere losgehen.
Und Jane hatte sicher kein Puppengesicht. Aber die Zeichnerin ist dem Halbaffen nun mal in den Urwald gefolgt. Joshua wirft verdrossen mit kleinen Steinen nach Vögeln und nach den Fischen im Wasser. Als er nicht trifft, wirft er mit größeren. Auf einmal taumelt einer der Vögel,

und Joshua springt auf. Doch der Vogel erholt sich schnell wieder und fliegt in den Schutz der nächsten Baumkrone. Joshua wirft einen Blick über die Schulter, um sicherzustellen, dass ihn niemand gesehen hat. Den Rest des Abends verbringt er mit unverfänglicheren Tätigkeiten, wie Mit-einem-Stock-auf-die-Erde-Malen. Seine Zeichenkünste sind vor allem auf diesem Material erbärmlich, so trampelt er am Ende alles wieder flach und geht äußerst unzufrieden zu Bett unter sein Moskitonetz.

Jeden Morgen beobachtet er, wie der Gorillamann aus der Hütte der Zeichnerin tritt, seine sehr behaarten Beine hüftbreit auseinander stellt, einige Kniebeugen macht, dann nach vorne umfällt und ein Dutzend Liegestütze vorführt und zu guter Letzt noch ein paar Sit-ups hinzufügt. Anschließend drückt er die Brust raus und stolziert an den Eingeborenenkindern vorbei, um mit einem vollendeten Hechtsprung in den Fluss zu tauchen. Dort schwimmt er einen Zeit lang auf und ab, mit und gegen den Strom. Ganz ohne dabei nach gefährlichen Tieren Ausschau zu halten.
Joshua konzentriert sich darauf, sein Frühstück nicht zu aggressiv zu kauen und die Sprache der Einheimischen zu lernen. Mittlerweile kann er schon einige Wörter und sich in kurzen Sätzen verständlich machen. Manchmal

erregt er immer noch große Heiterkeit bei seinen Lehrmeistern. Über das Heirats- und Fortpflanzungsverhalten hat er noch immer nicht viel herausgefunden. Es scheint größtenteils Monogamie zu herrschen, mit dem gewissen Anteil Untreue, der auch in europäischen Kleinstädten als Normalwert angesehen würde.

Beim Mittagessen sitzt er jetzt wieder etwas abseits und löffelt seine Dosen in sich hinein. Die Zeichnerin bietet ihm wieder einmal ein Stück Eierkuchen an, doch er winkt ab. Die „Wir können doch einfach gute Freunde sein"-Masche ist nichts für ihn.
Ohne es zu merken, setzt er sich aufrechter hin und macht sein Ganz-oder-gar-nicht-Gesicht. In diesem Moment ist es wahrscheinlich besser, dass er noch nicht alles versteht, was die Einheimischen über ihn sagen.
Die anderen Projektmitarbeiter bemühen sich nicht gerade um eine Freundschaft mit ihm, und das ist ihm ganz recht. Er bemüht sich auch nicht. Wenn ihn jemand anspricht, gibt er korrekte, aber sehr kurze Antworten, so lange, bis es dem anderen unangenehm ist und er geht. Bald sagen alle, er sei einfach ein Einzelgänger.

Die Tage werden immer heißer, die Nächte peinigen den Schlafenden mit einer erdrückenden Schwüle. Die

Moskitos scheinen sich rapide zu vermehren, und das Wasser im Fluss wird immer weniger und schlammiger. Die gekauften Wasservorräte verschwinden immer viel zu schnell. Essen kann nur notdürftig in kleinen Erdhöhlen vor dem Verderben bewahrt werden. Um die Mittagszeit versinkt das kleine Dorf in einer unheimlichen Stille, die nur vom tiefen Seufzen der Halbschlafenden durchbrochen wird. Joshua verfolgt, wie die Schweißtropfen von ganz alleine, ohne dass er sich bewegt, auf seiner Haut entstehen und größer werden, bis sie sich zu einem kleinen Rinnsal vereinigen, das zu Boden läuft. Den richtigen Wochentag weiß er schon lange nicht mehr.

Eine dieser anonymen Mittagsstunden wird vom Geräusch eines landenden Hubschraubers gestört, und der aufgewirbelte Staub dringt in die Hütten ein.
Aus dem Augenwinkel sieht Joshua den Gorillamann mit einem riesigen Militärrucksack zum Hubschrauber laufen. Er bewegt sich gebückt, steigt ein, und der Pilot hebt ab. Eine winkende Hand, und weg ist der Affe. Joshua schließt seine Augen wieder. Der Mittagsschlaf heute ist angenehmer als aller Schlaf der letzten beiden Wochen zusammen. Als er wieder aufwacht, lächelt er und weiß nur noch, dass er einen schönen Traum hatte, aber nicht mehr, worum es eigentlich ging.

Beim Abendessen sieht er die Zeichnerin. Die Gedanken in seinem Kopf halten kurz in ihrer Bewegung inne. Sie ist nicht mitgeflogen. Schnell setzt er sich zu den anderen und versucht, dem Gespräch zu folgen. Als einer den Namen der Zeichnerin ruft und sie ihren Blick hebt, kann er rot verweinte Augen sehen. Sofort wendet er sich ab und widmet seine Aufmerksamkeit lieber dem Essen. Essen ist überhaupt eines der Hauptthemen für ihn geworden.
Bei sich hat er schon beschlossen, nie wieder in seinem Leben Bohnen oder dergleichen oder überhaupt etwas aus einer Dose zu essen. Für eine Süßigkeit würde er mittlerweile töten – keinen Menschen, auch nichts mit einem weichen Fell. Einen Fisch vielleicht.

Später, es ist noch immer nicht ganz dunkel, geht er immer wieder in der Nähe ihrer Hütte vorbei, einen Vorwand suchend, um sie zu betreten. Doch ihm fällt nichts ein. Beim siebten Vorbeigehen hört er Geräusche, die er als Weinen interpretieren kann. Leise tritt er durch den Vorhang in die Hütte ein. Drinnen ist es schon sehr finster, und er kann die Konturen der Zeichnerin nur aufgrund ihrer weißen Haut ausmachen. Sein Verstand will sich mit Überlegungen zu dieser weißen Haut, der Urwaldhitze und der Verwendung von Sonnencreme selbstständig machen, doch Joshua hält ihn zurück und zwingt ihn, sich einen guten Satz als Beginn für ein Gespräch einfallen zu lassen.

„Warum bist du noch hier?"

Der Blick ist selbst im Dunkel der Hütte als ziemlich böse zu erkennen. Er beißt sich auf die Lippe und schmeckt das Blut. Er zwingt sich, auf sie zuzugehen und sich neben sie hinzusetzen. Sie gibt ihm keine Antwort. Er bleibt eine Zeit lang neben ihr sitzen, hilflos gegenüber dem Schluchzen, dem Schnäuzen und was sonst noch alles dazugehört, wenn eine Frau weint.

„Er … er … er …", schnieft die Frau.

„Er?", versucht er zu helfen und kommt sich etwas dumm vor.

„Er ist verheiratet."

Joshua weiß nicht, was man normalerweise auf so eine Offenbarung antwortet. Also schweigt er. Anscheinend schweigt er zu lange, denn sie wiederholt es.

„Er ist verheiratet."

„Hast du es gewusst?", fragt er.

„Sicher hab ich das gewusst."

Das nun wieder übersteigt Joshuas Verständnis vollkommen, und er kehrt zurück zum Nichtssagen und Nichthandeln. Er war schon immer für eine taoistische Weltanschauung zu haben.

„Aber ich dachte, er bleibt vielleicht bei mir."

Was man nicht alles denkt, geht Joshua durch den Kopf.

„Warum ist er heute geflogen?", fragt er nach.
„Seine Frau hat ein Kind bekommen."
„Von wem?"
Kaum hat er den Satz ausgesprochen, kommt er sich auch schon ziemlich dumm vor.
Die Stärke des Weinens nimmt wieder zu, und Joshua legt sein Gesicht in seine Hände. Nach einer kurzen Ruhephase zieht er die Zeichnerin, die ihm heute noch kleiner vorkommt als sonst, näher zu sich. Sie lässt ihren Kopf an seine Schulter fallen, und er streichelt ihren Rücken. Die Schmerzen, die sich nach einiger Zeit in diversen seiner Muskeln ausbreiten, ignoriert er. Auch dass ihm beide Beine einschlafen und ein Teil seiner Schulter taub wird. Irgendwann geht der Atem der Frau ruhiger, und Joshua bemerkt, dass sie eingeschlafen ist. Dann lässt er sie vorsichtig zu Boden gleiten, schiebt ihr einen Kopfpolster unter und hängt das Moskitonetz auf.
Beim Verlassen der Hütte fühlt er irgendwo tief in sich so etwas wie Stolz und er hebt den Kopf ein wenig höher.

Sie nehmen die Routine des gemeinsamen Mittagessens wieder auf. Joshua beendet sein Dosendasein und beginnt, einige der einfachen Gerichte selbst zuzubereiten.

Er bewundert immer wieder das Improvisationsvermögen und den Einfallsreichtum der Zeichnerin. Sie nimmt Teile von bekannten europäischen Rezepten, ersetzt Zutaten davon durch indonesische Pflanzen oder fügt neue Komponenten hinzu.
Mehr als einmal ist Joshua auch erstaunt, dass sie nicht beide durch eine Vergiftung sterben, doch die Puppenfrau lacht ihn nur aus. Mit ihren kleinen weißen Händen pflückt sie die Blätter von exotischen Pflanzen und gräbt dicke Wurzeln aus. Über den Gorillamann spricht sie nie wieder.
Nur ein Mal sagt sie über ihn, er wäre doch ein großer Arsch gewesen. Dabei bleibt es.

Er arbeitet darauf hin, ihr nahe zu kommen. Er hält die Bleistifte, wenn er sie ihr reicht, so, dass sie seine Hand berühren muss. Er fasst sie an der Schulter, wenn er ihr etwas zeigen möchte. Und er hat das Gefühl, sie versucht das Gleiche bei ihm. Doch immer, wenn er sich ihr bewusst nähern möchte, ihrem Gesicht, spielt das kleine spöttische Lächeln um ihre Lippen, und sie dreht sich weg, lässt ihn stehen.
Dann bleibt er zurück, mit hängenden Schultern, und im Nacken sitzt ihm spürbar die Hilflosigkeit seines ganzen Lebens.

Nach den ersten acht Wochen hat er zwei Tage frei. In seiner Hütte ist es zu heiß, das Dorf liegt direkt in der Sonne. Langeweile macht sich breit. Der Leiter des Projektes sieht ihn alleine im Schatten sitzen.
„Es gibt einen kleinen See hier in der Nähe."
Joshua bewegt sich nicht.
„Mit einem Wasserfall, wie aus dem Bilderbuch. Angenehm kühl", legt der Leiter nach und zeigt ihm die Richtung.
Fünf Minuten später schlägt sich ein die Insekten verfluchender Joshua seinen Weg mit dem Buschmesser durch den Urwald, dabei immer bedacht, keiner Schlange das Hinterteil abzuhacken. Der Kopf wäre egal, weil sie ohne den schlecht beißen kann.

Am See angekommen, denkt er einen Moment wirklich, er wäre in einem Disney-Film gelandet. Rasch sieht er in alle Richtungen, dann hat er sich auch schon entkleidet und springt in das Wasser. Es ist wirklich so kalt, dass sich kurz einmal alles zusammenzieht, bis das Blut zurück in seine Haut kommt und ihm angenehm warm wird. Er taucht und spuckt Wasser. Am Boden des Sees liegen flache, weiße Steine in dunklem Sand. Mit zweien davon in der Hand klettert er zurück an das Ufer und versucht sie so ins Wasser zu werfen, dass sie öfters aufspringen.

Erst als er das helle Frauenlachen hört, wird er sich seiner Nacktheit bewusst.
„Wie ein kleines Kind“, lacht sie und wirft ihm seine Unterhose zu.
„Zieh das bitte wieder an.“
Dann springt sie in ihrer Unterwäsche in den See und taucht erst in der Mitte wieder auf. Joshua beeilt sich, in die Unterhose zu kommen, die aber an seinen nassen Beinen kleben bleibt. Fast fällt er, auf einem Bein hüpfend, ins Wasser.
„Was machst du eigentlich hier?“, ruft er ihr zu.
„Gehört der See dir allein, oder was?“
Darauf weiß er wieder keine Antwort und taucht nach ihren Beinen, zieht sie unter Wasser. Sie schwimmen, bis ihnen das Atmen schwer fällt, und legen sich dann am Rand des Sees ins Gras. Joshua meint hunderte Tiere unter seinem Rücken krabbeln zu spüren.
Er hüpft hoch und schreit: „Wer zuerst bei der Hütte ist!“, und läuft los.
Erst nach einigen Metern sieht er kurz zurück, ob die Frau ihm folgt. Doch sie hat ihn schon fast eingeholt, und er läuft schneller.

Kurz vor dem Dorf überholt sie ihn. Er hat rote Striche auf Brust und Bauch, von den zurückschnellenden Ästen

und dicken Blättern. Vor der Hütte fällt er, nach Luft ringend, zu Boden und dreht sich ein paarmal hin und her. Sie lehnt an der Wand, dehnt ihre Beinmuskeln und schenkt ihm keine Beachtung.
„Warum bist du eigentlich hier?“
Ihre Frage kommt unvermittelt und Joshua entscheidet sich für die Wahrheit.
„Ich weiß nicht genau, ich hatte irgendwie Angst vor meiner Zukunft zu Hause. Man könnte sagen, ich bin weggelaufen.“
Seine Ehrlichkeit verblüfft ihn selbst, vor allem, weil er das, was er eben gesagt hat, bis vor kurzem auch noch vor sich selbst geleugnet hat.
Kurze Zeit lang ist es still. Die Zeichnerin sieht versonnen ins Nichts.
„Sind wir das nicht alle“, stellt sie fest und geht in die Hütte.
Er sieht ihr nach. Dann bleibt er noch eine Weile am Boden liegen.

Diesmal, nach dem Abendessen, als es schon lange dunkel ist, alle um das Lagerfeuer sitzen und die immergleichen Lieder mit immer weniger Freude singen, geht er ihr nach in ihre Rundhütte. Er folgt ihrer weißen Gestalt bis vor ihr Moskitonetz.

Sie wendet sich ihm zu.
„Was willst du?"
Bis auf seine Beziehung zur rothaarigen Linguistikstudentin beschränken sich seine Erfahrungen mit Frauen auf frühpubertäre Dinge. Kurz entschlossen gibt er ihr den Kuss, den er ihr schon lange geben wollte. Dafür fällt dieser auch prompt etwas zu kurz und wohl auch etwas zu nass aus. Da sie sich nicht wehrt, beschließt Joshua, es beim zweiten Versuch besser zu machen.

Er weiß nicht, ob er es war, der sie zum Moskitonetz drängte, oder ob sie ihn zog. Er weiß nur, dass er auf ihr liegt und sie weint. Wenn man gerne auf weinenden Frauen liegt, dann weichen die eigenen Vorlieben schon stark von der akzeptierten Norm ab. Joshua sieht sich selbst nicht als den Prototyp des normalen Menschen, aber mit weinenden Frauen zu schlafen gehört nicht zu seinem Plan.
„Was ist los?"
Es mangelt ihm an besseren Fragen. Und dann muss er die schlechten auch immer noch öfters wiederholen, bis er eine Antwort bekommt.
„Ich habe … schlechte Erfahrungen gemacht."
„Welche?"
„Darüber will ich nicht sprechen." Fast wirkt sie etwas trotzig.

„Okay.“ Er starrt an die Decke.
„Sehr schlechte.“
„Okay.“
„Mit einem Mann.“
„Das habe ich mir jetzt fast gedacht.“
Nun wird sie ein wenig wütend, aber er sieht sie auf einmal mit anderen Augen. Ihre spöttische, unnahbare Fassade ist schneller gefallen als die Mauern von Jericho nach dem ersten Trompetenstoß. Sie ist ein kleines, trotziges Mädchen.
„Das hab ich jetzt nicht so gemeint“, sagt er in die Dunkelheit.
„Okay“, sagt sie, und er zieht laut hörbar die Luft ein.

Am nächsten Morgen tritt er aus der Tür ihrer Rundhütte, streckt sich und kommt sich dabei etwas dämlich vor. Die Eingeborenenkinder beobachten interessiert, wie er sich im Schritt kratzt und gähnt. Er beschließt bei sich, dass es bald Zeit ist, wieder in die Zivilisation zurückzukehren.
Er sieht auf die schlafende Frau in der Hütte. Gestern Nacht haben sie noch lange miteinander geredet. Sie hat geredet, und er hat zugehört. Dass sie einen Vater und eine Schwester hat, was mit der Mutter war, hat sie nicht erzählt.
„Darüber will ich nicht sprechen“, hat sie gesagt.

Dass die Schwester, die älter ist als sie, immer die Stärkere war. Die immer gewusst hat, was zu tun ist. Dass der alles immer leichter gefallen ist, dass die das mit der Mutter viel leichter genommen hat. Dass darum der Vater die Schwester immer viel lieber gehabt hätte als sie, weil die Schwester eine Stütze für den Vater war. Dass die Schwester größer war und immer mehr Kraft hatte.
Joshua betrachtet die dünne, zusammengerollte Gestalt auf der Matte. Sie dreht sich im Schlaf ruckartig um und gibt wimmernde Geräusche von sich.
Die Schwester wäre einmal auf einen ihrer Freunde losgegangen, hat sie erzählt.
In Joshuas Mund hat sich schlechter Geschmack angesammelt, den er ausspuckt. Jetzt wird er erst einmal zum See laufen und eine Runde schwimmen. Nachher wird er Frühstück zubereiten und es ihr in die Hütte bringen. Vielleicht süße Eierkuchen.

Und dann ist es wirklich Zeit heimzufahren. Aber er wird nicht alleine fahren, sagt er zu sich und kratzt sich noch einmal ausgiebig.

3

Das Wasser in der Wanne schwappt fast über den Rand, als ich hineinsteige, und die Gummiente zeigt erste Anzeichen von Seekrankheit. Hitze zieht als Dampfschwaden durch den Raum. Die Zeitschrift wellt sich in der Luftfeuchtigkeit, und meine Finger bleiben als Abdrücke am Rand zurück, sodass die Seiten zusammenkleben, wenn ich umblättern möchte. Zwar habe ich mir die Haare hochgesteckt, doch einzelne Strähnen lösen sich immer wieder, saugen sich voll, und die Kapillarwirkung lässt meinen Kopf stetig schwerer werden. Ich bewege meine Bauchmuskeln, sodass kleine Wellen gegen die Seiten der Badewanne branden. Meine Arme fühlen sich ein Stück schwerelos, sie schweben wie von mir losgelöst im Wasser.

Montagmorgen und noch kein Ende in Sicht. Das Badezimmerradio verrauscht die Frühstückssendung für alle Spätaufsteher. Leichte Popmusik, unterlegt mit etwas Gefühl, drückt der Hörerschaft für die nächste halbe Stunde einen emotionalen Stempel auf. Ich beginne im Kopf meine Liste für heute und mache bei dem neuen österreichischen Duo den ersten Strich. Gestern wurde es auf diesem Sender elfmal gespielt. Bevor sich das Schaumgebirge in der Wanne knisternd in Nichts auflöst, benenne ich schnell einige Gipfel und Pässe. Irgendwann schwimmen sie nur noch als Schlieren des Badezusatzes obenauf.

Wien sitzt draußen vor dem Eingang meiner Höhle und bettelt um Einlass, die ersten frühen Schweißtropfen schon auf seiner Stirn. Das Telefon läutet, und ich beschließe, den Klingelton demnächst zu ändern. Auf lautlos. Ich greife zum Radio und drehe es lauter. Das Klingeln kämpft sich penetrant durch die Musik, dringt in die Harmonien ein, zerstört sie von innen, und ich möchte etwas nach dem Telefon werfen. Erst nach dem zehnten Mal hört es auf, und ich schicke meine Ente auf Rundfahrt, einmal bis zu meinen Zehen, diese werden sauber umschifft, wieder hoch und dann die lange Reise rund um das Kap meiner Schultern. Nach der zweiten Runde fängt das Klingeln wieder an, ich lasse mich zurückfallen, und die Ente erleidet Schiffbruch. Ich tauche mit dem Kopf unter Wasser und stecke mir dort die Zeigefinger in die Ohren. Verschwommen beobachte ich von unten, wie sich meine Haare endgültig aus dem Gummiband lösen und versuchen, von mir zu treiben, nach oben, zum Licht. Irgendwann geht mir die Luft aus, und ich komme wieder hoch, das Telefon hat nicht aufgehört. Ich werfe die Gummiente vor mir hinaus, sie quietscht, als sie von der Wand abprallt und dann unter dem Badezimmerkästchen liegen bleibt. Als ich mit dem rechten Fuß aus der Wanne steige, rutscht er mir weg, das Waschbecken fängt meine Hüfte auf. Das gibt mit Sicherheit eine gut sichtbare Prellung, die alle Stadien der Verfärbung durchlaufen wird. Ich tropfe mir den Weg ins Vorzimmer und hebe den Hörer ab, ohne meinen Namen zu nennen und mit einem unfreundlichen Hallo. Die Stimme am anderen Ende klingt betont fern und etwas zu amtlich. Sie sagt, meine Schwester sei bei einem Autounfall gestorben, von der Fahrbahn abgekommen und gegen einen Baum.

Zuerst weiß ich nicht genau, was ich jetzt antworten soll.

Die Stimme wartet.

Dann sage ich: „Aha."

Räuspere mich, um meine Stimme nicht belegt klingen zu lassen.

„Was soll ich jetzt tun?"

„Kommen Sie doch in einer Stunde vorbei."

Die Stimme ist eine Sekretärin und gibt mir einen Termin bei ihrem Chef.

„Wozu?" Länger wird meine Frage nicht.

„Wegen des Testamentes."

Ich sage nichts, damit es nicht das Falsche ist, und lege auf.

Meine Schwester. Ich weiß nicht einmal, wo sie momentan wohnt. Gewohnt hat. Das Handtuch ist hart und macht die Haut rot, wütend reibe ich die Stelle an meiner Hüfte. Ich werde wohl hinfahren müssen. Vielleicht drücke ich auch nur zu fest auf beim Abreiben. Penibel wische ich mich im Spiegel frei und starre mich an. Mein Haar ist komplett durchnässt, und die frische Farbe, für die ich beim Friseur eindeutig zu viel bezahlt habe, läuft mir über das Schlüsselbein. Warum Dinge nie an ihrem zugedachten Platz bleiben können. Mit dem Handtuch baue ich einen Turban auf meinem Kopf und laufe nackt durch die Wohnung. Die vom Haus gegenüber haben Vorhänge, ich habe keine. Irgendwie war beim Einrichten der Wohnung kein Geld mehr dafür da. Das ist so, wenn auf einmal nur mehr einer für etwas bezahlt, wofür zwei gedacht gewesen wären. In meinem Mund hat sich Bitterkeit angesammelt.

Draußen staut sich das Wochenende am Gürtel und verstopft die Schluchten zwischen den Häusern. Aus dem Badezimmer verfolgt mich das Rauschen des Radios. Ich schalte die Anlage im Wohnzimmer an, lege eine meiner CDs ein und dränge das Badezimmergeräusch zurück. Ich tanze über die Sitzlandschaft, tanze das Rauschen und die Bitterkeit in die Ecke, bis sie sich ergeben, bis sich das Handtuch von meinem Kopf löst und meine Haare farbige Spritzer auf den weißen Wänden hinterlassen. Ich mag sowieso keine weißen Wände, es erinnert mich an steril und Krankenhaus. Ich habe weiße Wände, um mich sauber zu fühlen, aber gut ist daran nichts.

Das Licht vor dem Spiegel hat einen starken Gelbstich, es ist unwirklich, ich weiß nie, wie ich im Freien aussehe. Mein zweites Gesicht liegt in den Tuben und Puderdosen bereit, ich ziehe es auf wie ein Maurer eine Wand. Ziegel auf Ziegel versperre ich den Eingang zu mir und dekoriere ihn mit einladenden Wimpern und einem Lächeln, aus dem die Zähne abheben wie Segelflugzeuge. Ich übertreibe es mit dem Rouge, um errötet zu wirken, ein bisschen beschämt, sodass die Männer sich besser fühlen in meiner Gegenwart und nicht wissen, warum sie ihnen so angenehm ist. Am liebsten sind mir die Mädchen mit verlaufener Wimperntusche und schwarzem Kajal, der sich auf ihren Wangen auflöst. Ich trage wasserfest. Aber ich weine auch nie in der Öffentlichkeit und habe immer einen Regenschirm bei mir. Zu Hause weine ich vorsorglich und ungeschminkt, auf Vorrat sozusagen.
Ich ziehe lange Nylons mit elegant schlichtem Ende und einen schwarzen Anzug an. Unter den langen Hosenbeinen verstecke ich die Absätze der Stilettos, das macht die Beine länger und mich etwas größer. Dieses Paar habe

ich nach meiner letzten Trennung gekauft. Das ist, was man so tut nach einer Trennung. Ein neues Paar Schuhe und ein neuer Haarschnitt, dann ist man erstens solo, aber zweitens ein anderer Mensch. Manolo Blahnik sagt, Schuhe sind Macht. Wer auf gut fünfzehn Zentimeter Absatz gehen kann, kann alles. Vor allem auf die meisten Männer hinuntersehen und ihnen das Gefühl geben, doch ziemlich klein zu sein. Ich mag keine Notare und keine Anwälte.

Ich steige in meinen Peugeot, den ich schon hatte, bevor ich in die Wohnung gezogen bin, und beteilige mich am täglichen Kampf um jeden Meter Straße. Wien ist ein Dschungel an Einbahnen und Abbiegespuren, einzig und allein mit dem Mittel der Rücksichtslosigkeit zu bewältigen. Mit der Macht der Schuhe bewaffnet, stehe ich mit den Zehenspitzen fest am Gaspedal, entschlossen, auf keinen Fall nachzugeben, denn es ist Hauptverkehrszeit. Heute ist mein Glückstag und ein Teil des Lerchenfelder Gürtels überflutet, eine Wasserleitung gebrochen. Hupende Autoschlangen bewegen sich träge durch den sechzehnten Bezirk, Einsatzfahrzeuge drängen sich vorbei, und Hitze macht sich auf meinen Armaturen breit. Ich schalte die Klimaanlage ein, um die wachsenden Kopfschmerzen zu bekämpfen. Es gibt Tage, an denen sollte man seine Höhle nicht verlassen, sonst wird man gefressen, diese Weisheit ist schon viele tausend Jahre alt. Bis ich an meiner Wunschadresse ankomme, vergehen vierzehn Minuten mehr als notwendig.

Das hinterlassene Haustier meiner Schwester ist ein kleines Hündchen, ein schmutzig weißer Pinscher, der auf dem Schoß eines Mannes sitzt und aussieht, als wäre er statt unter die Schere eines Friseurs unter einen rostigen Rasenmäher gekommen. Die Verzweiflung steht ihm in seine großen, wässrigen Augen geschrieben, und ich wundere mich, dass er nicht sofort an meinen Beinen hochspringt und versucht, mir die Hand abzulecken. Diese Beschreibung kann beliebig entweder auf Hund oder Mann angewendet werden. Beide legen misstrauisch die Ohren an, als ich meine Hand nach ihnen ausstrecke. Wir stellen uns vor, er heißt Joshua und der Hund Napoleon. Wer tauft seinen Hund Napoleon? Was ich sonst noch bekomme, ist eine mittelgroße blaue Urne mit einem undefinierbaren eingearbeiteten Muster, in der sich die gesamte Asche meiner Schwester befindet, und die Anweisung, selbige mit Joshua gemeinsam im Rifgebirge zu verstreuen, sowie dreihundertdreizehn Euro und zwanzig Cent, das gesamte Ersparte meiner Schwester. Der Notar drückt mir und Joshua die Hand und wünscht uns viel Spaß bei der Reise ins Rifgebirge, während die Urne immer schwerer wird. Ich bin dafür, dass letzte Wünsche abgeschafft werden.

Joshua läuft mir nach, als hinge er am anderen Ende einer imaginären Leine, die ich in der Hand halte. Ich steige in mein Auto ein, schnalle die Urne am Beifahrersitz fest und frage ihn durchs offene Fenster, was er will.
„Wir müssen doch die Route planen und einen Termin festlegen…"
Er sieht aus, als ob sich das Blau seiner Augen jeden Moment auflösen würde, so sehr schwimmt sein Blick. Ich murre leise vor mich hin und suche meine Kaugummis.
„Wo ist überhaupt dieses Rifgebirge?", frage ich aus den Tiefen meines Handschuhfaches.
„In Marokko."
Ich halte in der Bewegung inne, ohne den Blick aus dem Handschuhfach zu heben.
„Das ist Nordafrika", fügt er hinzu.
„Ich weiß, wo Marokko liegt!" Nun starre ich ihn an und schäme mich kein bisschen für meinen unfreundlichen Ton. Afrika! Meine Schwester hatte nicht einmal nach ihrem Tod vor, es mir etwas leichter zu machen. Hoffentlich findet sie das lustig, da in ihrer Urne. Ich unterdrücke den Impuls, mit dem Knöchel meines Zeigefingers anzuklopfen und sie zu fragen.

„Und wann willst du da hin?“ Ich hole tief Luft und halte sie an, während ich auf seine Antwort warte.
„Ich könnte gleich losfahren, ich habe momentan keine Arbeit und nichts zu tun.“
„Was heißt hier fahren? Ich fahre doch nicht nach Afrika!“ Das Entsetzen muss wohl allzu deutlich auf meinem Gesicht stehen, denn der Mann vor mir wird immer kleiner.
„Ich kann nicht fliegen, wegen Napoleon“, flüstert er fast unhörbar.
„Wegen wem?“
„Dem Hund.“ Er senkt den Blick, und stattdessen scheint mich seine spitze Nase anzusehen. Ein Pinscher mit Flugangst, diese Reise fängt jetzt schon gut an. Das Problem ist nur, dass ich keine gute Ausrede parat habe, nicht sofort nach Marokko zu fahren. Niemand da, der mich aufhält. Außerdem möchte ich nicht länger als notwendig alleine mit der Urne meiner Schwester in einer Wohnung leben. Zwar glaube ich nicht an Untote, Geister und Sonstiges, aber es war meine Schwester, und da kann man nie so genau wissen.
„Also gut, wann treffen wir uns morgen?“ Ich versuche, so wenig begeistert wie möglich zu klingen, obwohl die Vorstellung, Wien eine Zeit lang zu verlassen, in meinem Kopf langsam so etwas wie Zustimmung findet.

„Na ja, ich wohne in Salzburg, und ich habe keinen Führerschein, also dachte ich …“
Bevor er diesen Satz zu Ende sprechen kann, sage ich, er soll einsteigen. Auch das noch, kein Führerschein. Meine Schwester hatte immer schon eine Schwäche für Männer, die ein Flickenteppich aus Macken und Phobien zu sein schienen. Dauernd saß mir eines dieser Individuen am Frühstückstisch gegenüber und breitete seine Psyche vor mir aus. Ich verkroch mich immer nickend in meine Frühstücksflocken und versuchte später, unauffällig den Raum zu verlassen. Von irgendwoher taucht plötzlich eine Umhängetasche auf, die anscheinend so ziemlich alles ist, was Joshua besitzt. Er setzt sich auf den Beifahrersitz und nimmt die Urne auf den Schoß. Geduldig warte ich, bis er es geschafft hat, sich anzuschnallen. In Gedanken schreibe ich mir sehr viele Punkte auf meinem Karmakonto gut.

Die ganze Fahrt über schweigt er und wirft immer wieder Blicke auf die Rückbank, um das Befinden des Hundes zu überwachen. Ich hoffe nur, dass der Hund es gewohnt ist, in einem Auto zu fahren, und mir nicht die Sitze voll kotzt.
In meiner Wohnung angekommen, presst Joshua alle seine Habseligkeiten gegen seinen Bauch und wirft vereinsamte

Blicke in jede Ecke meines Zimmers, stapelt sie dort zu kleinen Haufen und hängt sie an der Deckenbeleuchtung fest. Der Hund winselt. Fast tut er mir leid, der Joshua. Ich überlasse ihn seiner Einsamkeit und gehe währenddessen in mein Arbeitszimmer zum Computer. Dessen demonstrative Langsamkeit provoziert mich jedes Mal, das wird ihn einmal noch teuer zu stehen kommen, genau dann, wenn er es am wenigsten erwartet. In meinem Kopf liegt ein sorgfältig ausgearbeiteter Racheplan bereit und wartet nur noch auf seine Ausführung.
Der Routenplaner im Internet hat keine Ahnung von den Straßen in Marokko, also sehe ich nur nach, an welcher Stelle man mit der Fähre übersetzen muss. Ein Ort namens Algeciras bietet sich an und ich füttere die Software mit Algeciras. Nach ein paar Sekunden spuckt das Programm eine Endlosigkeit an Abbiegemanövern aus und ich möchte meinen Kopf gegen die Wand schlagen, weil ich, allein um auf die richtige österreichische Autobahn zu kommen, eineinhalb Seiten lesen muss. Aufgeben ist nicht, also suche ich meine Europakarten. Es gibt sie teilweise und nur in Ausschnitten, sodass die Routenplanung zu einem Puzzlenachmittag ausartet, bei dem Joshua und der Hund nichts tun, als auf riesig ausgebreiteten Karten herumzusitzen und sich jetzt schon ob des Ausmaßes unserer Reise verloren zu fühlen. Ihre

Nasen hängen tief und ihr Haar ihnen in die Stirn. Es rührt mich so sehr, dass ich fast versucht bin, sie beide hinter den Ohren zu kraulen und ihnen zu sagen, dass alles gut wird. Stattdessen koche ich uns zum Abendessen etwas aus der Tiefkühltruhe und sehe zu, wie Joshua das Gemüse nach Regenbogenfarben sortiert. Grün, Rot, Orange, Gelb. Der Hund verweigert die Nahrungsaufnahme und offenbart somit etwas dieser tierischen Dummheit, sich an Menschen festzumachen und ihnen nachzutrauern, wenn sie nicht mehr da sind.
Ich sitze noch lange über den Karten und zeichne mit einem dicken roten Filzstift eine gestrichelte Linie von Wien bis Algeciras. Ohne Rücksicht auf die Geografie schneide ich mir einen Weg in die Landschaft, fett und verlaufen. Ich habe keine Ahnung von der besten Strecke, ich bin ein Kind, das mit dem Finger auf den Globus zeigt. Der Rücken schmerzt mich, vom Sitzen am Boden und dem Vornüberbeugen. Joshua hat sich auf dem Sofa zusammengerollt und gluckert wie ein alter Wasserhahn. Ein dünner Speichelfaden zieht sich von seiner Lippe zum Polster und vibriert in seinem Atem. In einem Anflug von Mütterlichkeit und Mitgefühl ziehe ich ihm die Decke bis zur Nasenspitze hoch und stecke sie unter ihm fest. Vielleicht bin ich aber auch nur gemein, denn im Zimmer hat es siebenundzwanzig Grad.

Ein indifferentes Grau hat den Himmel besetzt, als ich die Augen aufschlage. Die gurgelnden Geräusche vom Sofa klingen, als ob der Wasserhahn Schnupfen hätte, und auf dem Polster hat sich ein großer, nasser Fleck gebildet. Der Hund kratzt unrhythmisch, aber in fünf verschiedenen Variationen an der Tür. Er will natürlich sofort hinaus und einen Scheißhaufen auf unseren Bürgersteig setzen, damit der nächste Passant auch eine Freude hat am frühen Morgen. Außer der Hundebesitzer ist ein treuer Anhänger der „Nimm ein Sackerl für mein Gackerl"-Aktion und tütet brav ein, was sein Hund so unhygienisch einfach fallen lässt. Unsanft wecke ich Joshua.

„Der Hund muss mal."

Er scheint noch zu schlafen, als ich ihm die Leine in die Hand drücke und ihn Richtung Tür schiebe, aber Schlafwandler finden immer den Weg zurück nach Hause. Das habe ich mal gehört. Oder sagt man das nur über Hunde? Egal, ich habe ja beide gemeinsam losgeschickt.

Ich mache mich daran, die Unmenge an Straßenkarten richtig zusammenzufalten. Dass dazu ein Profikurs in Origami notwendig ist, hätte man ruhig draufschreiben können. Ich werfe die Karten und meine Zahnbürste einfach in eine Tasche, ein paar T-Shirts, Socken und

Unterhosen dazu. Ein Buch. An meiner Wand hängt eingerahmt ein isländisches Sprichwort. „Ein Mensch ohne Bücher ist blind." In das kleine Seitenfach stopfe ich mein gesamtes Bargeld einschließlich der dreihundertdreizehn Euro zwanzig meiner Schwester. Das ist packen ganz ohne lange Checkliste, um unterwegs zu bemerken, was alles nicht draufgestanden hätte. Meistens bleibe ich schon an der nächsten Tankstelle stehen und kaufe, was ich vergessen habe. Vor den Fenstern breitet sich fern der Donner aus.

Ich warte auf Joshua und den Hund und weiß nicht, was ich hoffen soll. Dass die Straßenbahn die beiden überfahren hat oder eben nicht. Der Regen setzt ein und bleibt an den Fenstern hängen. Auf einmal habe ich im Mund den Geschmack von heißer Schokolade und Erdbeermarmelade auf Butterstriezel. Die Medizin von Großmüttern.

Sie sind nass, als sie zurückkommen, und der Hund stinkt, wie nasse Hunde stinken. Mein Magen möchte sein Inneres nach außen kehren. Und dieser Geruch will jetzt in meinem Auto mit mir bis nach Marokko fahren. Mein Magen klopft von unten mit einem Besenstiel gegen die Decke und teilt meinem Gehirn mit, dass das so nicht geht. Ich packe also mein teures Duschgel mit Erdbeergeruch wieder aus, stecke den Hund in die Badewanne und drehe die Dusche auf. Joshua muss mit einem trockenen

Handtuch vorlieb nehmen. Als ich fertig bin, ist das Bad überschwemmt, im Abfluss hängen Hundehaare, und der Köter riecht wie ein riesiges, reifes Erdbeerfeld.

„Wir fahren dann, wenn du so weit bist!"

Notdürftig wische ich den See in meinem Bad auf. Ich bekomme keine Antwort aus dem Flur. Ich rufe wieder. Joshuas Kopf erscheint im Türrahmen.

„Wie weit fahren wir heute?"

„Das weiß ich noch nicht."

Und das ist wahr.

Das Wasser steht hoch auf der Fahrbahn, und teilweise spüre ich, wie eine Seite des Wagens aufschwimmt. Die Geschwindigkeit der Autos scheint langsamer zu sein als das rhythmische Hin und Her ihrer Scheibenwischer. Eine feuchte Atmosphäre entsteht. Joshua liegt mit einer Tüte Kekse in der Hand quer über der Rückbank und verteilt Krümel auf dem Polsterbezug. Er ist wohl der Meinung, der Hund könnte sich sonst ausgeschlossen fühlen. Die heiße Luft der Heizung wärmt meinen rechten Arm. Die Scheiben beschlagen, und ein undefinierbarer Geruch ist stehen geblieben im Peugeot. Ich habe eigentlich noch immer den Hund in Verdacht, aber der erdbeerduftet vor sich hin. Die Verkehrsnachrichten melden drei Unfälle, und wir verlassen die Autobahn, um einem Stau

weiträumig auszuweichen. Wie empfohlen. Die Welt steckt in der Waschmaschine, und ich wünsche mir eine große Kappe Weichspüler.
Ich trage Sneakers, durch deren Sohlen ich die Unebenheiten der Straße spüren kann. Streckenweise Fußmassage. Die Tüte enthält nur noch ein paar Bruchteile und Unmengen an Kekssand, als ich hineingreife. Er hat mich nicht gefragt, ob ich etwas ab haben möchte. Die Fahrbahn wird von einem Flussbett wieder zu einer Asphaltfläche, Graz kommt näher, und dann ist es vorbei. Joshua ist eingeschlafen. Der grüne Tee vom Frühstück macht sich in meiner Blase bemerkbar, und ich warte auf die nächste Raststation. Immer wenn man eine braucht, war die letzte gerade vor zweihundert Metern, und die nächste ist in ungefähr derselben Anzahl Kilometer. Mit großem Interesse verfolge ich die Entfernungsangaben auf den Straßenschildern, bis endlich die richtige Ausfahrt kommt.

Ich zahle die fünfzig Cent für die Toilette und spiele angesichts des Preises mit dem Gedanken, wie der Hund draußen an einen Baum zu pinkeln. Man ist nicht versucht, den Zustand des WC als sauber zu bezeichnen. Höchstens: nicht so schmutzig, dass ich es nicht mehr betreten würde. Ich verwende doppelt so viel Toilettenpapier wie notwendig, belege den ganzen Klositz in drei Lagen, bevor ich mich niederlasse, und danach wasche ich mir minutenlang die Hände mit viel Seife. Bevor ich gehe, stecke ich ein paar Papierhandtücher ein. Man kann nie wissen. Im Tankstellenshop kaufe ich mir ein neues Duschgel, weil ich meines nach der Hundebadeaktion natürlich im Bad stehen gelassen habe.

Als ich wieder in das Auto steige, schläft Joshua mit einem Auge offen, das ist ekelig. Ich stelle meinen Rückspiegel auf ihn ein und nehme deswegen die falsche Ausfahrt. Meine Schwester ist ausgezogen, ganz ohne ein Wort. Noch bevor ich überhaupt daran dachte auszuziehen. Die einzige Postkarte, die ich jemals von ihr bekommen habe all die Jahre, die war aus Uganda.
Im Radio wird „One with the Freaks" gespielt, was mich verwundert, und ich betrachte Joshuas Gesicht im Spiegel. Da sind drei breite Querfalten auf der Stirn und ein fliehendes Kinn. Sein Haar hat eine undefinierbare dunkle Farbe, die im Licht wechselt, und eindeutig seit längerem keinen Friseur gesehen hat. Sein offenes Auge ist seltsam zur Seite gerutscht, und ich frage mich, ob er überhaupt noch lebt. Oder ob ich nicht ein Foto von ihm machen sollte. Er atmet sichtbar. Die Tanknadel beginnt wieder langsam zu sinken.

„Wie lange wart ihr zusammen?"
Während ich frage, sehe ich aus dem Fenster des Restaurants und bin unbeteiligt.
„Wir waren nicht zusammen."
Pause.
„Also nicht so richtig, jedenfalls."
Der Versuch, mein Interesse an diesem Thema nicht im Glas des Fensters zu spiegeln, schlägt fehl.
„Sie hat nur in meiner Wohnung gewohnt."
Er hat Schokoladensoße in den Mundwinkeln und einen traurigen Zug im Gesicht. Ich frage ihn nicht, ob er sie gern hatte. Ich erzähle auch nicht, dass sie damals einfach so fortgegangen ist, wie im Stich gelassen ich mir vorkam. Dass sie nicht da war, als Vater krank wurde. Da ist die Urne auf dem Beifahrersitz in meinem Auto. Irgendwann habe ich gelernt, dass man nicht schlecht über tote Menschen spricht. Die Rechnung kommt, und ich zahle für uns beide zusammen. Demonstrativ laut wiederhole ich die Summe. Joshua starrt der Bedienung durch die Öffnung zwischen den Knöpfen in die Bluse und bedankt sich nicht.
Wieder im Wagen warte ich über zehn Minuten auf ihn, weil er noch in den Shop wollte. Als er dann endlich kommt, hat er die Arme voll Chipstüten und Schokoladentafeln. Zwischen den Zähnen hält er eine Flasche Limonade an ihrem Drehverschluss. Ich frage mich, ob er

wohl umgekehrter Diabetiker ist, falls es so etwas gibt. Und was sein Stoffwechsel sonst mit dem vielen Zucker macht. Der Hund markiert auf den Vorderreifen des Autos neben uns. Ich mache mir Gedanken über die Speisereste auf meiner Rückbank und die ungenutzten Möglichkeiten zur Erhaltung eines gesamten Ameisenstaates. Bevor wir einsteigen, warne ich den Hund, dass er jetzt lange keinen Baum mehr zu sehen bekommt.
Joshua zieht die Schuhe aus und streckt die Füße aus dem Fenster. Letzteres mildert die Auswirkungen von Ersterem auf die Luftqualität im Auto nur minimal. Ich nehme eine scharfe Kurve und sehe, wie die Limo aus seiner Nase läuft. Italien kommt näher.

An der Grenze stehen zwei verlassene Gebäude mit einem namenlosen Zwischenraum. Dort ist Niemandsland. Als kleines Kind bin ich mit meiner Schwester über die Grenzsteine im Wald gesprungen und wieder zurück. Mutter hat gelacht. Die Straße führt am Rand kleiner Abgründe entlang und durch seltsam stille Ortschaften mit leeren Häusern. Die Bewohner dieser Orte scheinen immer durchwegs alte Frauen mit Kopftüchern zu sein, die grundsätzlich etwas hinter sich herziehen oder vor sich herschieben. Joshua krümelt auf der Rückbank rum.
„Ich hatte sie wirklich gern.“

Tief hole ich Luft und drehe das Radio leiser. Jetzt kommt wohl der Teil mit den Gefühlen. Ich mache das „Ich fahre konzentriert, aber ich höre dir zu, also erzähl schon"-Gesicht und warte auf die kommende Geschichte.

„Ja, ich hatte sie richtig gern."

Er stopft sich abwechselnd Chips und Schokolade in den Mund und kaut mit leicht geöffneten Lippen. Und das war es dann auch schon wieder. Ich bin mir sicher, dass er ganz genau in das Schema meiner Schwester passt. Sie hatte keine anderen Typen mehr, nachdem dieser Zwischenfall passierte. Joshua sagt nichts mehr. Obwohl es absurd klingt, bilde ich mir ein, ich würde spüren, wie es wärmer wird, je weiter wir nach Süden kommen. Als ob traditionelles Temperaturempfinden bei der heutigen Klimaveränderung noch irgendetwas über das zu erwartende Wetter aussagen könnte. Unter der Straße liegt ein leeres Flussbett, in dem weiße Steine die Sonne reflektieren. Das Licht steht halbrechts von uns, bald fahren wir ihm entgegen.

Wenn man nicht alleine im Auto fährt, dann hemmt einen das. Man fühlt sich entweder zur Konversation gezwungen oder zum Schweigen, und das Mitsingen der Lieblingslieder fällt ganz aus. Zumindest wenn man kein Opernstar ist. Popsternchen reicht auch noch nicht. Das Licht neigt sich immer mehr, und die Straße bekommt diesen gummiartigen Zustand, in dem sie immer länger zu werden scheint, es ist Zeit für ein Hotel.

Ich nehme die Urne und drücke sie gegen meinen Bauch, als ich den Weg auf nackter Erde durch halbhohes Gras Richtung Hotel nehme. Irgendwie schien es nicht richtig, sie einfach auf dem Beifahrersitz zu lassen. Außerdem, man kennt das ja aus schlechten Filmen, da werden Autos samt Kindern oder Omas am Rücksitz gestohlen, warum also nicht auch mit Urnen am Beifahrersitz. Die unwahrscheinlichsten Dinge haben immer den größten Spaß daran, doch aufzutreten. Ich möchte mein Auto mit dieser Wahrscheinlichkeit nicht gefährden. Die weiße Lackierung der Tür des Hotels löst sich an manchen Stellen in kleinen Fetzen ab. An der Rezeption steht eine altmodische Klingel. Die Frau dahinter zieht den Mund schräg, als ich darauf schlage. Ich kann kein Italienisch, sie kein Englisch. Ich spreche Deutsch mit Händen, Füßen und einem Lächeln, sie spricht Deutsch mit einem schrecklichen Akzent und zusammengekniffenen Lippen. Sie haben nur noch ein Doppelzimmer, wir nehmen es.
Die Stufen sind zu schmal und zu hoch, am Schlüssel hängt ein klobiges Holzteil. Auf der Treppe habe ich dauernd das Gefühl, nach hinten zu fallen und dass Joshua mir auf den Hintern starrt, der genau in seiner

Augenhöhe sein muss. Die Zimmertür lässt sich leicht öffnen, aber die Bettdecke hat ein schreckliches Gelb und die Polster sind flachgelegen. Joshua steuert direkt auf die Badezimmertüre zu. Ich lasse meine Tasche einfach fallen und meine Schuhe in der Ecke neben dem Eingang stehen. Meine Schwester stelle ich auf der einzigen Kommode im Raum ab. Im Bad beginnt Wasser zu fließen, und ich lasse mich auf die Matratze fallen. Sie gibt nach, und man kann jede einzelne der Eisenfedern spüren. Ein muffiger Geruch steigt auf. Ich summe vor mich in. Die Straße klebt an mir, ich möchte sie wie sonnenverbrannte Haut in kleinen Streifen abziehen.

Joshua kommt aus dem Bad mit einem Handtuch um die Hüfte und nassen Haaren. Er zieht den Geruch eines allzu bekannten Allerweltsduschgels hinter sich her. Wenn die zugehörige Werbebotschaft wahr wäre, dann müsste ich ihm jetzt auf der Stelle um den Hals fallen und die restlichen fünftausend Frauen, die gleich angelaufen kommen, ernsthaft verprügeln.

„Das Wasser ist kalt."

Diese Warnung kann mich nicht abschrecken, trotzdem steige ich unter die Dusche und werde auf der Stelle eines Besseren belehrt. Das Wasser ist verdammt nochmal scheißkalt, meine Haut zieht sich um meinen Körper zusammen und lässt mich gefühlte fünf Zentimeter kleiner werden. Eilig seife ich mich mit meinem Tankstellenkauf ein und spüle ihn wieder ab. Nach dieser Dusche fühle ich mich wie eine Hand, die zu lange in den Schnee gegriffen hat. Unter meiner Haut ist das Kribbeln von der Rückkehr des warmen Blutes zu spüren. Ich verkrieche mich tief in der Bettdecke. Was außerhalb des Zimmers liegt, verschwindet langsam hinter dem Dämmerlicht. Joshuas Anwesenheit im Bett macht mir das Atmen schwer. Die Luft ist im Zimmer erstarrt, ich rapple mich wieder hoch, versuche, in meinem Pyjama eine möglichst gute Figur zu machen, und reiße das Fenster auf. Zum ersten Mal seit zwei Tagen bin ich traurig. Ich wünsche mir, ich würde rauchen, bloß um zu wissen, wohin mit den Händen und woran festhalten. Ich stütze mich mit den Unterarmen am Fensterbrett auf und lehne mich weit hinaus. Die Luft ist wärmer, als es von drinnen aussieht. Die Geräuschkulisse ist Standard Natur, und der Hund winselt im Zimmer vor sich hin. Von der Kommode aus sieht meine Schwester uns zu. Fast möchte ich hingehen und das, was auf der Urne vorne zu sein scheint, gegen die Wand drehen. Ich schimpfe mich selbst paranoid und lasse es.

Die Nacht verbringe ich in nächster Nähe zum glucksenden Wasserhahn, und niemand hatte mir jemals mitgeteilt, wie laut kleine Hunde schnarchen können. Verzweifelt

versuche ich, mir den schlaffen Hotelpolster so um den Kopf zu wickeln, dass er einen geeigneten Lärmschutz bietet und ein gewisses Maß an Bequemlichkeit, bin damit jedoch nicht erfolgreich. Ich versuche, ein wenig an meine Schwester zu denken, um mich abzulenken, leider ist dieses Thema nicht gerade ein Schlafmittel für mich. Sie war nicht da, als unser Vater schlussendlich gestorben ist. Irgendwie fühlte ich mich deswegen schuldig, immerhin hatte ich sie nicht finden können. Aber man hinterlässt auch einen Nachsendeauftrag oder eine Telefonnummer. Sie wollte schon immer mal nach Peru.
Aber man kann nicht einfach in Peru anrufen und fragen: Entschuldigung, ist meine Schwester gerade da?
Als ich einmal von ihr wissen wollte, was sie denn in Peru machen würde, hat sie nur mit den Schultern gezuckt und gemeint: „Panflöte spielen. Und Lamas züchten."
Und jedem deine erfundenen Geschichten erzählen, habe ich mir gedacht. Demonstrativ seufze ich in die Halbdunkelheit. Kein höheres Wesen erhört mich. Stattdessen dreht sich Joshua im Bett um und lässt das ganze Gewicht seines rechten Armes auf mich fallen. Dabei schnauft er zufrieden in mein Ohr. Ich erstarre unter der Decke und bewege meinen Körper in kleinen, wellenförmigen Bewegungen, die einem Regenwurm alle Ehre gemacht hätten, an den Rand der Matratze. Unnachgiebig verfolgt

mich der Mann quer durch das Bett. Ich bete zu einer unbekannten Macht, er möge mir bloß nicht in mein Ohr sabbern. Als er selbst nach einem gezielten Ellenbogenstoß in die Rippen weder aufwacht noch aufgibt, füge ich mich in mein Schicksal und beschließe, die Zimmerdecke sehr interessant zu finden.

Am Morgen danach weigert sich jeder meiner Muskeln, seine Arbeit zu tun, und meine Augenlider zeigen eine schwerkraftbedingte Tendenz nach unten. Ich brauche keinen Spiegel, um zu wissen, dass ich dicke, dunkelblau schimmernde Ränder unter den Augen habe. Mein Kopf schleift den unwilligen Körper hinter sich her in den kleinen Frühstücksraum, wo Joshua schon brötchenschmierend sitzt und keinerlei Anzeichen einer anstrengenden Nacht offenbart. Oder Reue wegen seiner etwas gar körperlichen Kuschelattacke. Der Hund steht über einen Napf gebeugt und verweigert zu fressen, was Hunde so fressen. Dann eben nicht. Wer nicht will, der hat schon. Ich schüttle den Kopf, um den Sprichwortballast und die Schwere darin loszuwerden, und bestelle bei der Frau mit den verkniffenen Lippen einen extrastarken Kaffee. Die Tassen sind hier so winzig, ich kann mein Stück Zucker immer noch sehen, nachdem ich es hineingeworfen habe. Ich hacke mit einem Löffel auf dem Würfel herum, um ihn kleinzukriegen.

„Wo fahren wir heute hin?"
Joshua sieht tatsächlich aus, als würde er eine ernsthafte und begründete Antwort von mir erwarten. Ich verziehe den Mund.
„Immer geradeaus, und vielleicht biege ich auch mal ab."

Um zu wissen, wohin man fährt, ist es nicht unbedingt notwendig, auch zu wissen, woher man kommt, aber doch ganz hilfreich. Ich stelle mir also die ultimative Frage: Wo bin ich? Die wenig befriedigende Antwort, die ich mir selbst geben kann, ist schlicht und einfach: irgendwo in Italien. Aber wir müssen nun mal nach Frankreich und da auch wieder querdurch. Und dann nach Spanien und so weiter. Ich breite also vor der Abfahrt meine von der Origami-Aktion leicht verknüllte Rieseneuropastraßenkarte quer über der Motorhaube des Autos aus und sehe nach, welche größere Stadt in der Nähe des Filzstiftstriches liegt. Ich unterdrücke den Impuls, einen Abstecher nach Mailand zu nehmen, ich habe weder das Geld noch die Nerven, unter diesen Umständen einen ausgedehnten Shoppingtag zu unternehmen, und entscheide mich kurzerhand für Turin. Klingt doch nett, Turin.
Der Hund bepinkelt mangels eines Nachbarautos meinen rechten Vorderreifen, bevor er ins Wageninnere hüpft, und

Joshua scheint der Hotelbesitzerin, deren verkniffenen Mund nicht einmal das meiner Meinung nach reichliche Trinkgeld aufweichen konnte, ihren gesamten Süßigkeitenvorrat abgenommen zu haben. Er bröselt und kekst sich quer über die Rückbank, und während der Fahrt gummibärt er zwischendurch an der Scheibe des Autofensters. Meine seit Jahren antrainierte Disziplin in Sachen gesundes und kalorienbewusstes Essen führt in meinem Inneren einen Rumpelstilzchentanz auf. Wie versprochen, fahren wir hauptsächlich geradeaus, manchmal biege ich ab, und es kommt auch vor, dass ich mal im Kreis herum fahre, was der exzellenten italienischen Straßenbeschilderung zu verdanken ist. Im Gegensatz zu der doch sehr weiblichen und straßenkartenfreundlichen Beschilderung in Österreich, die es erlaubt, das Ziel mit einer Karte, ein paarmal Nachfragen und einem Quäntchen Glück in angemessener Zeit zu erreichen, ist die italienische hinterhältig und nur mit sowieso vorhandenen Ortskenntnissen verstehbar. Die in der Theorie ganz nett klingende Idee, sich doch einfach immer am nächsten größeren Ort zu orientieren und erst dort zu versuchen, immer eine Ebene tiefer zu gehen, bis zu den kleinsten Dörfern, erweist sich in der italienischen Praxis als nicht durchführbar, da einfach immer nur die nächsten zwei Ortschaften beschildert sind und dann nichts mehr.

Zumindest kommt es mir so vor. Mein rebellierendes Zuckerbedürfnis hebt meine Laune nicht gerade. Nachdem ich wieder einmal eine Kreuzung wiedererkenne, da ich schon einmal – oder auch öfters – auf ihr abgebogen bin, habe ich die Erkenntnis, dass man zwar einmal irgendwohin kommt, per Zufall nämlich, aber dann nie wieder zurück. Dann unternehme ich kurzerhand einen Angriff auf die Kariesbastion hinter mir und entführe eine Tafel Vollmilchschokolade. Wenn ich schon keine neuen Schuhe haben kann.

„Wie hast du sie eigentlich kennen gelernt?"
Ich vermeide den Blickkontakt über den Rückspiegel. Irgendwie ist das wie Taxifahren, wenn man alleine vorne sitzt. Obwohl, eigentlich sitze ich ja nicht ganz alleine vorne, ich habe ja meine Schwester am Beifahrersitz. Ich werfe einen prüfenden Blick auf den Gurt, der die Urne hält. Joshua krault den Hund hinter den Ohren, der hechelt und hat Mundgeruch wie alle Hunde. Ich frage mich, ob er sich wohl jedes Mal rechtzeitig bemerkbar macht, bevor er mir auf den Sitz pinkelt. Von hinten kommt eine Antwort.
„Das war in Indonesien. So eine Art kleines Entwicklungshilfeprojekt für eingeborene Stämme."
Langsam glaube ich, meine Schwester hat die Reise um die Welt in acht Tagen nachgespielt. Nur etwas ausgiebiger

und in ganzen acht Jahren. Aber wie kommt jemand wie Joshua in den indonesischen Dschungel? Dort sind die Tiere nämlich nicht aus Fruchtgummi. Fragend hebe ich meine Augenbrauen.
„Ich habe Linguistik und Psychologie studiert. Linguistik nicht ganz fertig."
Meine Augenbrauen streben ungeahnten Höhen entgegen und versuchen, sich aus meinem Gesicht zu lösen. Ein Psychologe. Wie angebracht. Das hätte ich meiner Schwester gar nicht zugetraut. Vielleicht war dieser Mann sogar ein Art Selbstheilungsversuch von ihr. Oder ihre Macken waren neben seinen nicht so auffällig.
„Und? Hast du sie geheilt?"
Meine Stimme klingt sehr viel verbitterter als beabsichtigt.
„Was?"
In seinem Gesicht steht Unverständnis.
„Ach, vergiss es."
Eigentlich will ich auch nicht wissen, ob sie es ihm erzählt hat. Das von meinem Freund und was er ihr angeblich angetan hat. Pure Egozentrik und Zurschaustellung, denn: Immerhin ist es mir passiert. Mir. Nicht ihr. Sie hat sich schon immer alles angeeignet. Auch das Mitleid.
Ich bin verstimmt und möchte nicht mehr sprechen. Die nächste Stunde fahren wir schweigend. Joshua ist ein

Psychologe. Er stopft Gummibärchen in seinen Mund, nach Regenbogenfarben geordnet. Der Hund keucht. Ich seufze.

Mir ist langweilig vom langen Fahren, im Radio verstehe ich nicht, was sie sagen, und die Musikauswahl lässt stark zu wünschen übrig.
„Was macht man eigentlich so als Psychologe?“
Joshua schreckt aus seinem Dämmerzustand hoch.
„Wie meinst du das?“
„Was du arbeitest, will ich wissen.“
Ich klinge genervt.
„Oh, hier und da.“
„Das heißt?“
„Ich hatte einen Job in einem Gefängnis, jedes zweite Wochenende. Aber mit den Gefangenen, das war mir irgendwie unangenehm. Da waren richtig seltsame Leute dabei.“
Manchmal hat man in seinem Leben ein Schlüsselerlebnis. Einen Psychologen auf seiner Autorückbank über richtig seltsame Leute sprechen zu hören, die ihm unangenehm waren, ist sicher eines davon.
„Du hattest also diesen Job. Und was machst du jetzt?“
Ich sehe, wie er sich unter der Frage windet, und lasse ihn nicht los. Meine Stimmung bessert sich schlagartig.
„Jetzt bin ich sozusagen vorübergehend arbeitslos.“

Er beeilt sich, noch hinzuzufügen, dass er sowieso immer eine eigene, private Praxis haben wollte. Aber ich höre schon nicht mehr genau zu. Ein Lächeln macht sich auf meinem Gesicht breit.

Die Straßen und Tankstellen sind austauschbar, eine gegen die andere, die aufsteigende Hitze drückt uns von außen die Fenster ein. Ich denke an Wien und die schwitzenden Spendensammler auf der Mariahilfer Straße, die „Augustin"-Verkäufer in den U-Bahn-Stationen, die Wolkenbrüche dazwischen und fühle mich gar nicht so schlecht. Fast wie Urlaub. Wenn da nicht ein letzter Wunsch und ein leicht abnormaler Psychologe in meinem Auto wären. Die Promenadenmischung mit Namen Napoleon nicht zu vergessen.

Ich erinnere mich an einen Familienurlaub, als meine Schwester und ich noch sehr klein waren, gerade mal im Volksschulalter, vielleicht auch noch nicht. Meine Eltern hatten immer eine Unmenge Hörbücher für uns dabei, wir saßen hinten, halb versteckt unter einer Armee unserer Lieblingskuscheltiere – alle mussten mit –, ein paar Polstern und sonstigem Spielzeug. Es gab diesen dünnen Orangensaft aus kleinen Päckchen und Butterkekse. Wenn in der Straße zu viele Kurven waren oder wir einen

Berg hinauffuhren, wurde meiner Schwester immer schlecht, und wir mussten anhalten und spazieren gehen. Einmal fuhren wir im Sommer über die Alpen, und als wir oben am Gipfel für den Spaziergang ausstiegen, lag da Schnee. Eine von uns fing an, mit Schnee zu werfen, eine Schneeballschlacht mitten im Sommer. Wir waren ein wenig verzaubert, und als wir weiterfuhren, haben wir heimlich Schnee mit in das Auto genommen. Erst als das Schmelzwasser unter den Sitzen bis nach vorne zu unserer Mutter rann, haben meine Eltern es bemerkt. Sie haben nur gelacht.

Vor uns bauen sich Berge auf, und ich erinnere mich vage an etwas großes Braunes auf der Landkarte. Ich improvisiere ein Ausweichmanöver, indem ich mich ab jetzt stark nach Süden halte. Berg für Berg zieht rechter Hand vorbei. Hund und Mann auf der Rückbank schlafen schnarchend ihren Zuckerrausch aus. Ich spiele mit mir selbst Kinderspiele gegen die Autofahrtlangeweile, was nicht sehr befriedigend ist, denn man gewinnt, aber verliert auch jedes Mal. Als die Grenzstation endlich vor uns auftaucht, kann ich es fast nicht glauben, aber es ist nicht heiß genug für eine Fata Morgana. Wir durchfahren das Niemandsland, und auf einmal sind wir eine Nation näher am Ziel. Es ist Mittag in irgendeinem kleinen französischen Städtchen gleich neben der Autobahn. Wir fahren durch eine leere Straße nach der anderen, Joshua streckt sich auf der Rückbank. Er fragt, wo wir sind. Ich kann den Namen des Ortes nicht aussprechen. Nach dem dritten Mal Im-Kreis-Fahren lassen wir das Auto stehen und gehen zu Fuß. Der Hund folgt uns in einem Abstand von fünf Schritten. Ein paar einsame Gässchen weiter treffen wir so plötzlich auf Leben, dass ich fast geschockt bin. Eine lange Gasse voller kleiner Straßencafés und Restaurants. Und voller Franzosen.

Mein Französisch beschränkt sich auf „guten Tag", „bitte", „danke" und „auf Wiedersehen". Trotzdem schaffe ich es, Cidre und etwas zu Essen zu bestellen. Was ich zu Essen bestellt habe, bin ich mir allerdings nicht so sicher. Joshua deutet einfach auf die Speisekarte. Als die Kellnerin wiederkommt, bringt sie auch eine Schüssel mit Wasser für den Hund, der sofort seine Zunge hineinhängen lässt. Der Cidre wird in kalten, braunen Tonkrügen serviert. Die Crêpe, die Joshua anscheinend bewusst bestellt hat, ist mit Sirup gefüllt. Mein Essen besteht hauptsächlich aus Fleisch, und ich versuche, davon den Hund zu füttern. Entweder er hat keine Lust, sich die Zähne daran auszubeißen, oder er möchte nichts von mir annehmen. Auf jeden Fall verweigert er die Aufnahme jeglicher Nahrung. Wir essen schweigend. Ich frage mich, ob es nicht manchmal von Vorteil wäre, eine gespaltene Persönlichkeit zu

haben, man könnte sich immer mit sich selbst unterhalten. Die Möglichkeit, Joshua zu diesem Thema zu befragen, verwerfe ich, immerhin muss ich noch einige Zeit mit ihm verbringen, und sollte er zu der Annahme kommen, ich wäre leicht neben der von der Gesellschaft vorgegebenen gedanklichen Spur, dann könnte das unter Umständen in einem Therapieversuch enden. Dieses Risiko gehe ich nicht ein.
Beim Bezahlen bin ich dankbar für die Europäische Union, wenigstens kennt man das Geld und weiß ungefähr, wie viel es wert sein sollte. Allerdings wünsche ich mir manchmal, es möge doch ein wenig mehr wert sein. Trauernd verfolge ich den Weg meiner Scheine in das Portemonnaie der Kellnerin.
Auf dem Weg zurück zum Auto erzählt mir Joshua irgend etwas über Sprache und Wortstämme, aber ich höre nicht genau zu. Der Himmel hat eine einheitlich helle Farbe angenommen, und ich beobachte einige Krähen auf einem Dachfirst. Mittag ist vorbei.

Ich halte mich an meinen Plan, immer in die Richtung großer Städte, deren Namen ich kenne, zu fahren. Die nächste ist Marseille.
„Was machst du eigentlich?“
Joshua hat sich zum ersten Mal aufrecht hingesetzt.

Kurz werfe ich ihm über die Schulter einen Blick zu.
„Was ich mache?“, wiederhole ich langsam.
„Na ja.“ Ich dehne das Wort so lange, wie es geht, ohne auffallend zu wirken.
„Ich habe in einem Büro gearbeitet. Werbung. Kreative Leitung und was weiß ich. Dinge, bei denen man den ganzen Tag unbequeme Anzüge und schöne Schuhe tragen muss.“
Ich verziehe das Gesicht. In meinem Nacken nickt es verständnisvoll.
„Dann habe ich mir gedacht, ich möchte selbstständig sein. Und dabei, das zu werden, bin ich gerade.“
Er tut zumindest so, als würde er diese Information interessant finden. Selbst finde ich sie weder interessant noch einen Anlass zu Freude. Ich höre mich seufzen und frage mich wieder einmal, ob ich denn das Richtige tue.
„Außerdem male ich“, sage ich auf einmal.
„Ach ja? Und was?“
Plötzlich taucht sein Gesicht zwischen den Sitzen auf.
„So alles Mögliche.“
Ich weiche aus. Eigentlich möchte ich nicht über meine eventuell vorhandenen Malfähigkeiten und das abgebrochene Kunststudium sprechen. Außerdem ist da immer wieder die Angst vor dem ständigen Analysiertwerden.

Bei Erwachsenen dreht sich alles sowieso nur darum, wer weiter gekommen ist. Wer es zu etwas gebracht hat. Erfolge. Mein Haus, mein Auto, meine Kinder, mein Leben. Mittlerweile bin ich näher an dreißig als an zwanzig, und ich bin nicht weiter als zu einer Mietwohnung, einem abgebrochenem Studium und einer nicht fertigen Selbstständigkeit gekommen. Momentan sitze ich mit einer Urne, einem Hund und einem fast fremden Mann in meinem Auto und fahre Richtung Afrika, um dort auf einem Berg Asche zu verstreuen. Wenigstens ein Auto habe ich. Immer noch mein erstes zwar, aber ein angemessenes Auto.
Allerdings muss ich das, glaube ich, nicht vor einem arbeitslosen Psychologen ohne Führerschein verteidigen. Die Anspannung in meinen Schultern lässt wieder nach, und ich fange an, die Landschaft neben der Straße schön zu finden. Joshua ist still am Rücksitz und wirkt sehr nachdenklich.

Als die Abfahrt nach Marseille angeschrieben steht, treffe ich eine Entscheidung. Auf keinen Fall fahre ich immer nur geradeaus, quer durch ganz Europa, bis nach Afrika, ohne mir auch nur eine einzige Stadt genauer anzusehen. Bloß weil meine Schwester sich das so einbildet. Ihre momentane Befindlichkeit erlaubt ihr außerdem wohl keinen Einspruch in die Reiseplanung. Immerhin ist das hier die Côte d'Azur. Die hat verdient, dass man zumindest aussteigt. Also biege ich nach Marseille ab.

Da Joshua am Rücksitz mit einer Dose Chips beschäftigt ist, bekommt er von meiner Sightseeing-Entscheidung nichts mit. Erst als das Auto parkt, weihe ich ihn in den Plan ein. Der Hund möchte nicht aussteigen, ich zwinge ihn. Ich suche meine Straßenkarte heraus und zeichne den Weg ein, den wir gefahren sind.

„Weißt du, was man mal mit mir tun soll, wenn ich tot bin?" Ich spreche nach vorne Richtung Karte.

Es dauert eine Weile, bis Joshua den Mund für eine Antwort leer hat.

„Keine Ahnung, aber du wirst es mir bestimmt gleich sagen." Das breite Grinsen auf seinem Gesicht ist in meinem Rücken zu spüren.

„Ich will auch verbrannt werden. Dann kann man mich in kleine Halskettenurnen einfüllen oder Schlüsselanhänger oder was auch immer und muss mich überall mit hintragen. Den Rest des Lebens und meines Todes lang." Ich beende meine Kartenbearbeitung. Wir sind leicht neben der Route, ich packe die Karte wieder weg.

„Netter Plan", meint Joshua und tritt neben mich, „aber wer

sollte man denn sein?“ Ich schlucke nur und sage nichts.

Hier stehen wir. Um mir meine Orientierungslosigkeit nicht anmerken zu lassen, gehe ich einfach los. Egal wohin. Wieder folgen mir Joshua und der Hund mit Abstand. Vertrauensvoll gehe ich den Schildern nach, auf denen angeschrieben steht, dass es hier zum Zentrum gehen soll. Wir folgen diesen Schildern ziemlich lange, und ich gerate langsam in Erklärungsnot, bis wir auf einmal das Meer sehen. Vor uns liegt der Vieux Port, der alte Hafen. Die Zeit, die wir am Pier entlanglaufen, kommt mir wie Stunden vor. Auf der ganzen Welt besteht ein Hafen meist aus salziger Luft, Fischgeruch und Schiffen. Die Standardkomponenten sind auch hier zu finden. Trotz der gewohnten Atmosphäre ist das Meer immer wieder etwas Großes. Der Hund hält die Nase in den Wind, und Joshua sieht neben den großen Booten aus wie ein kleiner Junge. Ich entferne alle Haargummis aus meiner Frisur und schüttle den Kopf. Möwen stürzen sich von der Luft aus auf Fischteile und Brotstücke. Es ist einer dieser kurz perfekten Momente. Ich mache ein Gedächtnisfoto für meine Erinnerungen und kneife die Augen zusammen.
Bei der Weiterfahrt summe ich vor mich hin. In meinem Handschuhfach liegen drei Postkarten von Marseille. Das

Auto ist voll getankt. Der Hund sieht wesentlich lebendiger aus als sonst, auch Joshua hat einen leichten rosa Schimmer auf seinen Wangen. Gemeinsam haben wir gelernt, dass es nicht nur in Paris eine Kirche gibt die Notre-Dame heißt. Das kann sich anscheinend jede größere französische Stadt leisten. Wohl eine Art Statussymbol oder so ähnlich. Wir fahren in Richtung Nîmes, was wieder das Nächstgrößere auf meiner Karte ist.
Die Straßen verlaufen zu einem immergleichen grauen Band, das sich durch die Landschaft zieht. Das Licht wird kontinuierlich schwächer, wie wenn eine große Hand am Dimmer der Sonne drehen würde. Die Autos vor mir leuchten wie ein Schwarm Glühwürmchen in der Dämmerung. Napoleon schnarcht auf meiner Rückbank. Noch immer habe ich den Geruch von Salzwasser in meiner Nase.

Genau als wir in Nîmes ankommen, ist es dunkel. Auf meiner Rückbank gluckert es vor sich hin. Ich beneide Joshua um seinen Stoffwechsel und seinen Schlafrhythmus und fahre ein paar Straßen auf und ab. Vor einem beleuchteten Hotelschild parke ich ein. Ohne Joshua und den Hund zu wecken, steige ich aus und gehe zur Rezeption. Die Lobby des Hotels ist schäbig, und alles strahlt eine leicht schmuddelige Atmosphäre aus. Die Wände sind

dunkel und die Möbel abgewohnt, ich spüre, wie sich die Härchen in meinem Nacken aufstellen.
Der Typ hinter dem Tisch spricht mich in einem bellenden Tonfall an, ich straffe die Schultern und greife nach meinem Taschenwörterbuch. Stammelnd formuliere ich einen grammatikalisch unmöglich richtigen Satz in falscher Betonung. Er wiederholt seinen Satz, etwas langsamer, aber in einem unfreundlicheren Tonfall. Ich habe das Gefühl, dass er sich nach vorne beugt, und weiche einen Schritt zurück. Ich versuche noch mal meinen Satz, bringe ihn aber diesmal nicht zu Ende. Auf einmal steht der Typ auf und kommt näher. Ein scharfer Geruch dringt in meine Nase ein, und wieder weiche ich einen Schritt zurück. Unter meinem Schuh fühle ich eine Teppichfalte, und in mir steigt die Angst auf zu stolpern. Mit einem Mal schlägt die Angst in generelle Panik um, und ich laufe los, Richtung Auto. Vom Zuschlagen der Autotür wacht Napoleon auf, von seinem Bellen wiederum Joshua. Nachdem ich einmal kurz tief Luft geholt habe, steige ich aufs Gas und schaffe es, mit quietschenden Reifen loszufahren. Erst jetzt fühle ich einen leichten Schweißfilm auf meiner Haut.
„Du bist blass."
Joshua sieht etwas besorgt aus.
„Was war los?"

Ich drehe abwehrend den Kopf zur Seite. Mache eine Handbewegung.
„Ach nichts. Es war kein Zimmer mehr frei."
Er sagt nichts mehr, aber ich sehe das Suchende in seinem Blick und frage mich wieder einmal, ob er mich in Gedanken analysiert. Auseinander nimmt. Meine Psyche seziert. Wie bei einer dieser Maschinen, die dein Gehirn auf Bildern in Scheibchen schneidet.
In das nächste Hotel gehen wir alle gemeinsam hinein.

Auch diese Lobby ist dunkel, aber nicht heruntergekommen. Der Mann an der Rezeption ist gepflegt und spricht ein paar Wörter Englisch mit seltsamem Akzent. Es sind noch einige Zimmer frei, wir wählen zwei mit Einzelbetten. Napoleon folgt Joshua. Ich nehme meinen Schlüssel und streiche mit dem Finger über die eingeprägte Zimmernummer im Metall. Die Hoteltreppe ist schmal und mit Teppich ausgelegt. Der Gang ist eng, fast berühre ich mit den Schultern die Wände. Ich fühle mich wie in einem Puppenhaus.
Im Gegensatz zum restlichen Hotel ist das Zimmer wunderschön, es ist wie ein Aufatmen, als ich es betrete. Die Tapete ist hellgrün, und das Bett hat einen Himmel und Zierkissen. Das eigene Bad ist komplett in Weiß gehalten, die Dusche sauber. Ich ziehe die langen Vorhänge zu und

ignoriere die Preisliste, die neben der Badezimmertür an der Wand hängt.
Die Matratze gibt nur wenig nach, als ich mich schlafen lege, sie passt sich angenehm an meine Konturen an. Es ist still im Zimmer.

Im Aufwachen weiß ich kurz nicht, wo ich bin. Vor den Vorhängen ist es noch finster, und ich horche in den Raum. Seltsamerweise fehlen mir die Wasserhahngeräusche. Ich frage mich, wie Joshua schläft und wovon er träumt. Meine Schwester und ich haben lange im selben Zimmer geschlafen, ich war das Geräusch eines fremden Atems in meinem Schlaf gewöhnt. In Regennächten kam sie zu mir ins Bett und griff nach meiner Hand, bei starkem Mondlicht unterhielten wir uns über die Formen der Schatten im Zimmer. Nach dem Zähneputzen haben wir gemeinsam unter dem Bett und im Schrank nach dem schwarzen Mann gesucht. Sie hat geweint, als ich aus unserem gemeinsamen Zimmer ausgezogen bin. Unsere Mutter war gerade erst seit einigen Wochen nicht mehr bei uns. Dennoch bin ich einfach in das andere Zimmer gezogen, und nie wieder habe ich ihres für länger als zehn Minuten am Stück betreten. Ich wollte alleine sein, für mich. Aber manchmal, da hatte ich Angst in der Nacht, habe das Licht angelassen und über

Kopfhörer mit einem Ohr Musik gehört, um nicht alleine zu sein.

Heiß geduscht gehe ich die Teppichstufen hinunter. Joshua muss ein Frühaufsteher sein, er ist schon wieder fleißig dabei, seine Brötchen zu schmieren. Der Hund hat sich auf seine Füße gelegt. Die beiden geben ein harmonisches Bild ab. Vielleicht fühlt sich Napoleon ein bisschen zu Hause hier. Oder er überlegt gerade, wie er sein Kaiserreich wieder aufbauen kann. Erst beim Betreten des Frühstücksraumes kommen andere Menschen in mein Blickfeld und stören das familiäre Gefühl. Ich bekomme von einem Kellner ein typisch französisches Frühstück vorgesetzt. Heiße Schokolade, ein kleines Glas Orangensaft und ein Buttercroissant. Die Luft ist gefüllt mit den zufriedenen Geräuschen essender Menschen. Joshua liest in der „Bild"-Zeitung. Meinen skeptischen Blick bemerkend, macht er eine entschuldigende Geste.
„Das war die einzige Zeitung in Deutsch."
Nickend greife ich nach meiner Tasse und verberge darin mein Lächeln.

Vor uns liegen fast vier Stunden Fahrt bis nach Barcelona. Aus den Untiefen seiner Umhängetasche hat Joshua einen Europareiseführer hervorgeholt, der genug Kultur enthält, um jemanden damit zu erschlagen. Obwohl das Gewicht des Buches alleine auch ausreichen würde. Der Hund steckt seine Schnauze mit hinein. Hinter dem Reiseführerbollwerk kann ich Joshuas Stimme hören.

„Wir müssen unbedingt zur Sagrada Família gehen!"

Vor meinen Augen erscheint das Bild einer seltsamen Kirche, mit einem grünen Steinchristbaum an der Front.

„Ja … das können wir", stimme ich vorsichtig zu. „Wenn du unbedingt möchtest."

Er zählt mir noch mindestens fünf Gebäude auf, die wir uns unbedingt ansehen müssen, darunter noch weitere von Gaudi. Dieser Architekt, Antoni Gaudí, ist für mich die spanische Ausführung eines Hundertwasser. Etwas früher und sehr viel seltsamer.

Zwei Toilettenpausen und einige Tankstellenshops später sind wir über der französisch-spanischen Grenze. Ginge es nach den Katalanen, dann wären wir noch nicht in Spanien, sondern erst in Katalonien. Hier sind alle Straßenschilder in zwei oder gar drei Sprachen gehalten. Der Gedanke an einen bestimmten österreichischen Politiker kommt mir, und ich muss kichern. Wie ein kleines Schulmädchen. Ich presse die Lippen zusammen. Meine Rückbankbesatzung sieht nicht einmal hoch.

Ein dumpfer Knall holt meinen Blick zurück auf die Straße, ich merke, dass mein Auto auf die rechte Seite zieht, und sehe die Leitplanke der Autobahnabfahrt näher kommen. Mit meinem ganzen Gewicht steige ich auf die Bremse, sage kurz Danke für die Erfindung des ABS und versuche, das Auto in der Spur zu halten. Die Leitplanke ist auf einmal viel zu nahe, das grausame Geräusch, wenn Metall auf Metall trifft, wird hörbar. Meine Stirn schlägt kurz am Lenkrad auf. Ich lenke weiter gegen und wünsche mir, dass es einfach vorbei ist. Ein Schmerz sitzt auf der linken Seite meiner Stirn. Ein kalter Schauer läuft meine Halsschlagadern hoch, Adrenalin flutet meinen Körper. Vom Zusammenstoß ist die Urne zu Boden gefallen, meine Schwester rollt hin und her. Die nächsten dreißig Sekunden lang verdränge ich die Realität. Bei meiner Rückkehr steht das Auto im Gras am Ende der Abfahrt. Still bleibe ich sitzen. Ein paar Minuten später frage ich den Rest der Welt: „Ist alles in Ordnung?"

Von der Rückbank kommt leise Zustimmung. Meine Hand zittert noch immer beim Öffnen des Gurtes. Vorsichtig steige ich aus und umrunde mein Auto. In meinem Magen herrscht ein laues Gefühl, meine Knie kommen mir weich vor. Die rechte Seite des Wagens ist ein Desaster. Der Lack ist hinüber, und die Türen sind eine einzige große Delle. Mit einem Ruck öffne ich die verbeulte Beifahrertür und hebe die Urne auf. Joshua beobachtet meine Bewegungen. Vorsichtig schaufle ich die Asche mit

meiner Hand zurück in das Gefäß, während ich mich in Gedanken bei meiner Schwester entschuldige. Einer der Vorderreifen ist platt. Halb verärgert trete ich mit meiner Schuhspitze dagegen.
„Was jetzt?"
Joshua ist ebenfalls ausgestiegen.
„So können wir nicht weiterfahren. Vor allem du nicht."
Ich streiche mir die Haare aus der Stirn, sie sind blutverklebt.
Joshua betrachtet mich genau.
„Nur eine Platzwunde", stellt er dann fest.
„Halten wir den Daumen raus", sage ich.
Davon scheint Joshua nicht sehr begeistert. Aber ich suche gar keine Mitfahrgelegenheit.
Lässig stelle ich mich an den Straßenrand, verdecke mit meinen Stirnfransen die Platzwunde und winke den vorbeifahrenden Autos. Es dauert eine Weile, bis jemand stehen bleibt, der für uns einen Pannendienst ruft. Bevor er weiterfährt, gebe ich ihm noch eine Zweieuromünze durch das Fenster und bekomme ein breites spanisches Zähnefletschen dafür. So wie er grinst, wäre es ihm wohl lieber gewesen, ich wäre bei ihm eingestiegen.
Auf der Motorhaube sitzend warten wir. Joshua hat mit Dingen aus dem Erste-Hilfe-Kasten meine Platzwunde

behandelt. Rhythmisch klopfe ich auf das Blech und wünsche mir wieder einmal, ich würde rauchen. Mein Mitfahrer lutscht an einem Schokoriegel. Der Hund tut Dinge, die Hunde tun.

Um nicht vor Langeweile zu sterben, habe ich es vermieden, auf die Uhr zu sehen. Nach einer kleinen Ewigkeit hält ein schmutziger Abschleppwagen neben uns. Einige Geldscheine später sitzen wir beim Fahrer in der Kabine, und mein Peugeot hängt hinten dran. In der Kabine riecht es nach alten Käsebroten und Kaffee. Der Fahrer hat Schweißflecken unter den Achseln. Er hört spanische Schlager und wippt im Takt.
Bei der Werkstatt angekommen, bin ich froh, dass die Fahrt vorüber ist. Der Mechaniker begutachtet mein Auto mit diesem Blick, der sagt, dass es viel Geld kosten wird. Man kann die Zahlen hinter seiner Stirn immer größer werden sehen. Beim Aussprechen des Preises hat er Dollarzeichen in den Augen wie diese Comicfiguren. Ich sage ihm auf Englisch, er soll tun, was er für richtig hält. Netterweise bekommen wir einen Mietwagen. Ruhig atmend, versuche ich, über den Zustand des Wagens hinwegzusehen. Vielleicht sollte ich dazu eine Blindenbrille aufsetzen.
Mit scheppernden Auspuff verlassen wir den Hof der Werkstatt und fahren Richtung Innenstadt.

Das Mietauto lassen wir in einem Parkhaus stehen. Kurz darauf stellen wir fest, dass Barcelona zu Fuß ein wenig groß ist. Joshua und der Hund folgen mir unter Unmutsäußerungen.

„Willst du jetzt diese blöde Kirche sehen oder nicht?"

Ob der Schmähung der architektonischen Künste des Antoni Gaudí verschlägt es Joshua die Sprache.

Im Angesicht unseres Schweißes bezwingen wir die Straßen Barcelonas. Die Rationalistin in meinem Kopf stellt ein System zusammen, anhand dessen man die Entfernung zu Sehenswürdigkeiten durch den Eis- und Bierpreis bestimmen kann. Die Genauigkeit kann es mit einem modernen GPS-Navigationssystem aufnehmen.

Aus welchem Grund auch immer schaffen wir es, von hinten zur Sagrada Família zu kommen. Orientieren konnten wir uns schon von weitem an den gelben Kränen und den Baugerüsten. Am vorderen Eingang angekommen, beschließe ich, mein Geld lieber für Essen zu sparen. Der Eintrittspreis übersteigt meine Vorstellungskraft. Joshua möchte trotzdem hineingehen. Napoleon folgt mir, und ich gehe in den kleinen Park gegenüber. Im Teich schwimmt eine einsame Ente. Im Schatten eines Baumes ist eine Bank frei, ich setze mich und genieße den schaurigschönen Anblick dieser Kirche. Der Christbaum vorne wird von Obstkörben auf den Turmspitzen in den Schatten

gestellt. Ich frage den Hund, wie jemand solche Ideen haben kann, und bekomme keine Antwort.
Rund um mich sind die Plätze von Menschen im klassischen Touristenoutfit besetzt. Kurze Hosen, T-Shirts und Sandalen. Bei älteren auch noch ein seltsamer Hut, den meistens eine Werbeaufschrift mehr oder weniger ziert. Manche haben vergessen, vor dem Anziehen der Sandalen die Socken auszuziehen. Diese Gattung Mensch weckt in mir immer den Fußpilzverdacht. Ich meine, wer trägt offene Schuhe, deren Sinn es ist, die Füße zu lüften und den Schweiß zu reduzieren, um dann dem Ganzen mit weißen Tennissocken entgegenzuwirken? Außer, um eben unansehnliche Dinge darunter zu verstecken. Bevor ich Joshua wieder aus dem seltsamen Bauwerk kommen sehe, kann ich meine Sandalenphilosophie auf drei weiteren Gattungen ausweiten, es vergeht also einige Zeit.
Auf seinem Gesicht liegt ein seltsames Strahlen, und ich wäge die Möglichkeit ab, dass radioaktives Material zum Bau der Kirche verwendet wurde. Wahrscheinlicher ist ein akuter Fall von Sightseeing-Fieber. Er spricht sehr schnell sehr viele Worte, und immer wieder fallen spanische Namen. Um ihn zu beruhigen, sage ich einfach Ja. Zu allem. Und hoffe, dass es gut geht. Da er nicht aufhört, nehme ich ihn an der Hand und ziehe ihn um die nächste Straßenecke. Dort ist die Sagrada aus seinem Blickfeld.

Dann schlage ich vor, uns weiterzubewegen, um ein Restaurant für unser Abendessen zu finden. Nach dem Ausbleiben einer Reaktion gehe ich einfach los und vertraue darauf, dass Hund und Mann mir folgen.

Um Geld zu sparen, haben wir beschlossen, das Hotel heute einmal ausfallen zu lassen. Joshua meint, Campen wäre an spanischen Stränden grundsätzlich erlaubt. Mein gesunder Pessimismus hat mich einen Schlafsack und Decken mitnehmen lassen, allerdings liegen diese im Kofferraum des Mietwagens. Wir pilgern also wieder an den Sehenswürdigkeiten vorbei zurück zum Parkhaus. Diese Am-Strand-schlafen-Geschichte verursacht mir ein seltsames Gefühl in der Magengegend. Doch ich beschließe, dass es nachts auf einem Touristenstrand wohl nicht viele furchteinflößendere Dinge als unsere Gruppe gibt. Und die Kenntnis einiger wichtiger anatomischer Punkte am menschlichen Körper, die bei stärkerer Berührung bei der betreffenden Person einen moderaten Schmerz verursachen, lässt mich nur halb so besorgt sein.
Mit Decken und Schlafsack beladen, machen wir uns zum dritten Mal auf den Weg quer durch die Stadt. Ich fühle mich wie Maria bei der Herbergssuche, allerdings bringe ich die Stalltiere gleich mit. Die Urne meiner Schwester habe ich im Auto gelassen. Das ist erstens versperrt und

zweitens so hässlich, dass es wohl niemand stehlen wird, und wer auch immer meine Schwester aus dem Mietwagen entführen und verstreuen möchte, der soll es tun, er spart mir damit nur einige hundert Kilometer an Straße und Nervensträngen.

Erst wenn man in einer Stadt, die man nicht kennt, etwas sucht, stellt man fest, wie groß sie eigentlich ist. Und wie praktisch Stadtpläne sind. Man sollte einen besitzen. Wir versuchen es mit der guten alten Maisfeldphilosophie: Immer geradeaus, irgendwann muss es ja zu Ende sein. Das Maisfeld Barcelona hat amerikanische Übergröße, und ich habe das starke Verlangen nach einem metaphorischen Mähdrescher.
Aber wir kommen an. Auf einmal sind da Meer und Sand und, da es langsam richtig Abend ist, nicht mehr viele Menschen. Joshua macht einen auf Robinson Crusoe, er baut mit zwei Decken eine Art Zelt. Leider hat er weder freiwillige noch unfreiwillige mehrjährige Südseeinsel-campingerfahrung, und so stürzt sein Zelt bei jedem Versuch, es zu betreten, über ihm zusammen. Ich bleibe bei der klassischen Variante, breite eine Decke unter mir und eine über mir aus und starre in den Himmel. Sand kann ganz schön hart sein mit der Zeit. Ich lasse Wolkenschafe grasen und lausche Joshuas Fehlschlägen.

Meine Schwester und ich sind früher oft am Boden gelegen, Grashalme im Rücken, und haben uns gegenseitig erzählt, was wir in den Wolken sehen. Wenn ich etwas Neues entdeckt hatte, beeilte sie sich natürlich, auch dasselbe zu sehen. Oder gleich mehr.
Wenn ich sagte, ich sehe ein Wolkenschaf, dann sah sie eine ganze Herde. Oder sie verkündete die spektakulärsten Dinge, um mich auszustechen. An einem Tag war es einmal die Titanic samt Eisberg, auf dem Eisberg saß auch noch Lars, der kleine Eisbär, und gerade als sie mir auch noch Ahab und seinen weißen Wal auf die Nase binden wollte, bloß weil ich behauptet hatte, mein Lieblingsspielzeugpony gesehen zu haben, kniff ich sie in den Oberarm, und sie rannte heulend zu Mutter.
Gerade drehe ich mich um und will Joshua erzählen, was ich alles in den Wolken sehe, als ich daran denke, dass er Psychologe ist. Die machen schon immer so einen Aufstand um Tintenkleckse. Ich behalte meine Fantasie für mich.

Der Hund schläft zwischen uns. Der Sand tut sich bei jeder Bewegung von neuem schwer, sich an meine Konturen anzupassen. Ich versuche stillzuliegen. Halbschlafphasen wechseln sich mit Ohnmacht ab. Der Hund träumt und zuckt mit den Pfoten. Joshua lebt sein zweites

Leben als undichter Wasserhahn voll aus. Es ist eine ruhige Nacht.
Plötzlich ist der Morgen da, und Nässe breitet sich in meiner Schlafstätte aus. Die Sonne ist auf einmal in ihrer besten Form, und mir rinnt das Wasser in Bächen über die Haut. Mit einer kurzen Unmutsäußerung stehe ich auf und gehe gerade und mit konstantem Tempo ins Wasser. Als ich bis zum Hals drinnen stehe, sehe ich ans Ufer. Joshua und sein Zelthaufen bewegen sich. Der Hund versucht, Salzwasser zu trinken, und ist dabei nicht sehr erfolgreich. Ich tauche mit dem Kopf unter Wasser.

Das, was ich nicht mag am Meer, ist das Wiederherauskommen. Es bilden sich sofort Salzkrusten auf der Haut, und der Sand bleibt überall an einem kleben, bis zum Rücken hoch und besonders in den Haaren, wenn man nicht aufpasst. Ich sehe Joshua wie Rumpelstilzchen auf und ab hüpfen, den Hund bellend im Kreis um ihn herum.
„Was ist los?"
„Jemand hat mir mein Handy geklaut, verdammt!" Fast schreit er.
„Bist du sicher?" Ich habe meine Zweifel, dass man aus dem Deckenhaufen, der über ihm lag, überhaupt irgendetwas gezielt entfernen konnte.

„Ja, ich bin ganz sicher."
„Scheiße." Ich durchsuche meine Sachen, aber es ist noch alles da. Wahrscheinlich habe ich mich im Schlaf bewegt. Ich weiß nicht. Die Typen abgeschreckt, vielleicht. Joshua wirkt verstimmt.
„Kann man doch neu kaufen", sage ich.
„Was?"
„Na, das Handy."
Er knurrt etwas vor sich hin, ich frage nicht nach, sondern gehe zur Stranddusche. Dort steige ich nach dem Duschen direkt und nass, wie ich bin, in mein Gewand. Schuhe lasse ich ausgezogen, hat ja doch keinen Sinn. Der Hund leckt an meinen Duschwasserresten.

Die Stimmung im Auto ist bei frühmorgendlichen dreißig Grad Hitze knapp über dem Nullpunkt. Und zwar dem absoluten bei minus zweihundertdreiundsiebzig Grad fünfzehn. Es entzieht sich meinem Verständnis, warum Joshua so viel an den technischen Bauteilen, die sein Mobiltelefon ausmachten, liegt. Wäre er ungefähr zwanzig Jahre jünger, würde ich annehmen, dass dort wohl ganz wichtige SMS irgendwelcher Mädchen aus der Schulbank vor ihm gespeichert waren. Es entzieht sich meinem Verständnis. Ich bin eine SMS-Speicher-Totallöscherin.
„Ein Bild von ihr war darauf."

Unvermutet Konversation von der Rückbank.
„Bitte, was?", frage ich.
„Ich hatte ein Bild von ihr auf meinem Handy gespeichert. Kurz bevor sie starb."
Dass heute Fotoapparat, Fotoalbum, vieles mehr und Telefon eines sind, hatte ich eben nicht bedacht.
„Es gibt fast keine Fotos von ihr."
Irgendwie klingt der Mann trotzig. Vier Jahre alt. Und gerade um einen Lutscher betrogen.
Ich zucke die Schultern, vorsichtig.

Barcelona schläft noch, als wir die Stadt verlassen, die eben aufgegangene Sonne im Rücken und schräg zum Dämmerlicht. Fast noch zu früh zum Autofahren. Ich vertreibe mir die Zeit damit, meinem eigenen Auto ein wenig nachzutrauern. Könnte ja sein, dass ich es nie wieder sehe. Mein Vertrauen in die Werkstatt ist stark begrenzt.
Die Strecke, die wir nun fahren, verursacht in mir doch etwas Marke Frühlingsgefühle und Urlaubsstimmung. Auf der Karte sah es zwar näher am Meer aus, und manchmal ist das Meer auch noch richtig weit weg, aber in meinem Kopf fahren wir quasi die Strandpromenade entlang. Meine Mitfahrer fanden die Strandübernachtung wohl auch etwas anstrengend und dösen hinten, der Mann

hat doch tatsächlich seinen Daumen im Mund, mir soll es recht sein.
Wir haben ein Stück Weg vor uns. Ich wollte immer schon mal nach Córdoba.

Meine Schwester und ich teilten uns ein Spielzimmer. Das, in welches ich später dann übersiedelt bin, als ich aus dem gemeinsamen Zimmer auszog. Sie pflegte es mit großem Enthusiasmus zu verwüsten, und ich als die Ältere hatte immer mehr aufzuräumen als sie. Außerdem war ich ein ruhiges Kind, sie dagegen hatte eine zerstörerische Ader, und alle meine Spielzeuge, sorgsam gehütet, bis sie in ihre Hände kamen, trugen schwere Spuren davon.
Als unsere Mutter uns verließ, dachte ich, man müsste in solchen Situationen stark sein. Meine Schwester dachte das Gegenteil und ließ sich von allen Bekannten ausgiebig bemitleiden, sie scheute sich nicht einmal, beim Einkaufen im Supermarkt in Tränen auszubrechen und dafür Wurstscheiben, Käsestücke und Schokolade zugesteckt zu bekommen. Vater versuchte, uns gleich zu behandeln, aber in seinem Blick schien mir immer etwas zu liegen, das mir sagte, wie sehr er mich brauchen würde, dass ich nicht gehen durfte wie sie. Über Mutter habe ich nie wieder mit meinem Vater gesprochen, meine Schwester

sprach ununterbrochen von ihr. Einmal schlug sie sogar vor, einen Teller für Mutter mit aufzudecken, falls sie wieder nach Hause kommt, da schlug mein Vater meine Schwester zum ersten Mal in ihrem Leben ins Gesicht. Ihre Wange lief in einem zarten Roséton an, und ich sah mit offenem Mund zu. Sie blieb still am Tisch sitzen, aber sie aß nicht, und ich beobachtete Vater, wie er mechanisch sein Abendessen in seinen Mund schob und kaute, und vergaß darüber, selbst hinunterzuschlucken.

Die Hitze steigt mit dem Tag, und auf der Hälfte unserer Strecke hat es fast achtunddreißig Grad, an der Tankstelle beladen wir das Auto mit Mineralwasserflaschen, die wir im Viertelstundentakt während der Fahrt leeren. Joshua amüsiert sich auf der Rückbank, er schüttet sich das teuer gekaufte Wasser über T-Shirt und Haare und bemüht sich dabei, wie ein sterbender Schwan auszusehen.

Wir schaffen es, ein Gespräch über Musik aufrechtzuerhalten, ohne uns gegenseitig verbal allzu oft auf die Zehen zu steigen. Fast kommt so etwas wie Freundschaft auf zwischen uns, und am Ende hören wir eine der CDs, die er mit sich herumträgt. Immerhin hat er seinen gesamten Besitz anscheinend in dieser Umhängetasche, und nachdem wir nun doch schon einige Zeit unterwegs sind, frage ich mich langsam, wann ihm die T-Shirts und die Unterwäsche ausgehen werden. Und noch viel schlimmer, wie lange er welche Kleidungsstücke trägt.

„Hast du mit ihr geschlafen?"
Ich starre auf die Straße.
Er verzieht das Gesicht und krault dem hechelnden Hund den Nacken.
„Nein. Na ja, fast. Einmal. Dann hat sie ... na, sie hat es mir erzählt. Was passiert ist. Wir haben es nie wieder versucht."
Ich nicke, ohne es zu merken. Ich sage nicht, dass ihr das nie passiert ist, was sie da immer erzählt.
Die Urne meiner Schwester steht angeschnallt neben mir auf dem Beifahrersitz.
„Sehr nett von dir."
Sein Gesicht verläuft zu einem Grinsen, und er scheint stolz auf sich zu sein. Ich bin zu gut zu ihm.

Wir kommen abends in Córdoba an, besser gesagt nachts, aber es ist noch ziemlich hell. Die Temperaturen haben wieder auf die mittlerweile fast angenehm scheinenden dreißig Grad abgekühlt. Das Zimmer in dem Hotel, das wir nehmen, ist klein. Vom Schlafen am Strand spricht heute niemand mehr. Wir reißen die Fenster auf, was nichts bringt, und schwitzen leise vor uns hin. Draußen sind die Signalhörner und Sirenen von Einsatzfahrzeugen zu hören, ich denke fast, ich wäre in New York oder in einer Krimiserie zumindest. Abwechselnd gehen wir unter die kalte Dusche, aber nur um festzustellen, dass man nachher immer schneller wieder schwitzt und der Kreislauf nicht gewillt ist, diese Behandlung auf Dauer durchzumachen. Trotz der Hitze oder gerade deshalb, weil sie uns umwirft, schlafen wir einen schweren Schlaf. Ich habe wirre Träume und flüchte vor Joshua rund um das Bett, und einmal, da verirrt sich ein Teil Traum in die Realität, und ich sehe mich und meine Schwester gemeinsam am Balkon rauchen, so als ob sonst niemand zu Hause gewesen wäre und wir unbedingt dachten, wir müssten das ausprobieren. Bei mir blieb es bei dem einen Mal. Sie hingegen fand, sie sehe damit mondän aus, ich lachte sie aus, und sie war mir böse.

Am Morgen fühle ich mich, als wäre ich einen Marathon durch die Wüste Gobi gelaufen, und der Rest unserer kleinen Reisegruppe wirkt auch nicht viel frischer.

Der Stadtrundgang ist anstrengend, zu Mittag vollbringt die Sonne neue Höchstleistungen, und die Eintrittspreise der Sehenswürdigkeiten wollen nicht in unsere Budgetplanung passen. Wir sehen alles von außen an und versuchen uns an den Orangen, die hier überall einfach an den Bäumen neben der Straße wachsen, aber innen sind sie ebenso trocken wie der Rest dieser Stadt. Im Endeffekt bleibt unser Mittagessen im Tapas-Restaurant der Höhepunkt an Córdoba, und auch für Joshua gibt es etwas Besonderes, denn die spanischen Churros sind eine süßfettige Nachspeise, die wohl alles toppt, mit dem er sich bis jetzt den Magen verdorben hat. Er isst drei Portionen. Ich beschließe bei mir, ihm nichts aus meiner Reiseapotheke zu geben.

Heute haben wir nur eine kurze Strecke vor uns, knapp vier Stunden, also macht es nichts, erst nachmittags loszufahren. Um diese Zeit herum bewegt sich in Spanien fast nichts, außer Touristen, die es noch immer nicht eingesehen haben. Ich denke, der Zustand seines Verdauungstraktes verhindert Joshuas Siesta, aber er lässt sich nichts anmerken. Bei jedem Tankstellenschild frage ich ihn, ob er denn nicht aussteigen und sich etwas kaufen möchte. Er sagt nichts. Wir halten uns weiterhin an Wasser. Ich habe das Gefühl, als würde ich durch meine Poren verdampfen. Trotz der hohen Flüssigkeitszufuhr brauchen wir keine Toilettenpause. Die Landschaft verändert sich laufend. War es im Norden Spaniens noch halbwegs grün und teilweise sogar bergig, so ist es hier geradezu wie im Voralpenland, aber nach einer Heuschreckenplage. Staubige Hügel und sonst nichts, fast ein Stich ins Rot und auf jedem zweiten eine Olivenplantage. Und irgendwann, nach kilometerweitem Nichts, sind wir in Algeciras.

Der Fährhafen kündigt sich durch eine immer größere Anzahl an dubiosen Ticketverkaufsstellen an, die in einer Flut von Werbeplakaten ertrinken. Der Hafen selbst ist ein lang gestreckter Bau, in dem die Fahrkartenmafia ihr Hauptquartier hat. Wir kaufen bei einem Afrikaner mit breitem Lächeln, die Schilder an der Wand sind rot-gelb-grün. Ich wiederhole die zu bezahlende Summe laut, als ich dem Verkäufer die Geldscheine hinhalte, und Joshua schafft es, unauffällig zu wirken, ohne dass es auffallend wäre.
Heute ist es schon zu spät, es geht keine Fähre dieser Gesellschaft mehr. Wir müssen uns bemühen, in dieser Stadt, die es offensichtlich gewohnt ist, Rucksackreisende und ähnliche Wagemutige rücksichtslos auszunehmen, ein billiges Hotel zu finden. Der Strand steht nicht zur Debatte. Wir zahlen nur halb so viel Vermittlungsgebühr, wie ich dachte; das Hotel hat zwar keine Farbe mehr, dafür weiche Betten und, was das Beste daran ist, Einzelzimmer. Ich sperre die Tür zu und genieße die Stille, ohne die ständigen Anwesenheitsgeräusche von Mann und Hund.

Doch kurz darauf öffne ich die Fenster, um wenigstens irgendetwas zu hören und auf einmal nicht gar so allein zu sein.
Zum Abendessen holt mich Joshua frisch angezogen ab, unterwegs erzählt er mir, dass er Handwaschmittel mithabe, falls ich auch meine Kleidung waschen wollte. Ich nehme dankend an und werfe ihm einen Seitenblick zu. Handwaschmittel.

Unser Restaurant hat einen Meerblick, und Joshua bestellt Muscheln. Da wir heute getrennte Zimmer haben, kann ich ihm nicht einmal gewisse Absichten unterstellen. Ich tunke mit dem Weißbrot die Sauce von meinem Teller. Der Hund mochte meine Reste nicht nehmen. An der Wasserkaraffe kondensiert die Luft. Der Rotwein, den wir zum Essen trinken, lässt meine Gedanken schneller werden und mich lauter lachen, als mir lieb ist.
Beim Weg zurück zum Hotel kommt es mir vor, als wäre ich nicht nur ein paar Tage, sondern Jahre von zu Hause weg. Der Hund läuft uns nach. Er ist schon etwas wackelig auf den Beinen. Bis Joshua ihn auf den Arm nimmt und das letzte Stück trägt.

In meinem Zimmer stehe ich vor der Urne und höre mir zu, wie sich ein Seufzer aus mir löst. Vorsichtig öffne ich die Urne und sehe hinein. Das ist es also, was von uns bleibt. Nicht mehr als ein bisschen grauer, leichter Staub. Die letzten Stückchen werden aussortiert, habe ich mal gehört. Ich bemühe mich, nicht in die Öffnung zu atmen. Seine eigene Schwester zu inhalieren, das liegt jenseits meiner Perversionsgrenze.

Im Warteraum am Fährhafen steigt die Zahl der schleiertragenden Frauen und der Großfamilien mit einer riesigen Anzahl an Einkaufstaschen. Die Toiletten sind nur noch Porzellanlöcher im Boden, Joshua hat den Hund in seine Sporttasche gepackt. Ein leises Winseln dringt alle paar Minuten nach außen. Die Illegalität ist auch nur eine Grauzone. Keine Gepäckskontrolle beim Einchecken. Oder wie das auch immer heißen mag bei einem Schiff.
Andere Leute mögen behaupten, dass so große Fähren sich nur leicht heben und senken. Seekrankheit überhaupt kein Thema also. Mein Magen behauptet das Gegenteil. Weder die doch so gesunde Meerluft noch das klimatisierte Innere des Schiffes können mein Wohlbefinden wiederherstellen. Joshua trägt den Hund aufgeregt hin und her. Verfolgt, wie die eine Küste immer ferner wird und die andere immer näher kommt. Ich liege quer über zwei Sitze und mache abwechselnd die Augen auf und zu

und kann mich nicht entscheiden, was schlimmer ist. Ich habe einmal gelesen, dass es bei der Seekrankheit zwei Phasen gibt: Zuerst glaubt man, man würde sterben, und in der zweiten wünscht man es sich dann. Bei mir finden Phase eins und zwei gleichzeitig statt. Ich habe für mich selbst beschlossen, mich nicht zu übergeben. Der Hund winselt in der Sporttasche, und ich frage mich, ob er genug Luft bekommt. Vom Verwesungsgeruch ist er nicht mehr weit entfernt.

Ich beschließe, das Buffet aufzusuchen. Schwankend und mit Geleeknien. Tee kostet auf dieser Fähre ein kleines Vermögen, was meine Laune nicht gerade hebt. Der Versuch, meinen Magen zu beruhigen, scheitert aber sowieso nicht am Preis. Auf der anderen Seite des Schiffes hängt einer über die Reling. Keine Kontrolle über den eigenen Körper. Ich schlucke meine Übelkeit hinunter und stelle mir vor, ganz still zu stehen. Eine kurze Ewigkeit vergeht, bis da Land ist. Und dann kann man dieses auch noch nicht gleich betreten.

In Marokko wollen sie uns postwendend retour schicken, irgendetwas von wegen fehlender Stempel im Pass. Ich frage mich, ob meine Schwester mich als Geist verfolgt und womit ich das verdient habe oder wer sonst diese Fahrt verflucht haben könnte. Meine Schwester konnte noch nie vom Leben lassen, vor allem nicht von meinem. Anscheinend gab es wegen dieses Stempels eine Durchsage auf der Fähre, aber ob meiner Visionen von meinem Tod habe ich davon nichts mitbekommen. Joshua ist grundsätzlich zu realitätsfern für so etwas, ihn trifft keine Schuld. Das Bellen des Hundes in der Sporttasche wird geflissentlich überhört. Also gehen wieder zurück in das Schiff und warten. Wir sind nicht die Einzigen, und das ist irgendwie angenehm. Hätte sonst auch gar zu dumm ausgesehen. Wenigstens hat diese Schaukelei im Hafen jetzt aufgehört. Bis sich jemand für uns zuständig fühlt, vergeht eine längere Spanne Zeit. Ein Mann mit Laptop kommt, sagt etwas Unverständliches und hämmert auf unsere Pässe ein. Mit Stempel wird das Betreten dieses Landes auf einmal ganz einfach. Zollkontrolle findet wieder nicht statt. Zum Glück für Napoleon.

Die Taxifahrer lassen sich nicht einmal davon abschrecken, dass ich ein Auto besitze. Einer spricht sogar Deutsch und erklärt uns, er wäre Mohammad Schumacher. Da ist mir mein Auto auf einmal gleich zweimal so lieb. Verkehrsregeln sind eindeutig nichtexistent in diesem Land und die Bodenmarkierungen anscheinend so etwas wie dehnbare Richtlinien. Auf zweispurigen Bahnen fahren drei Autos nebeneinander, die Polizei bewegt sich auf etwas fort, das in Österreich zumindest am Land

auf den niedlichen Namen „Stangl-Puch“ hört, und das zusätzlich mit fehlendem Nummernschild. Fußgänger haben grundsätzlich Nachrang.
„Also, wir sind angekommen.“
Ich habe auf einem kleinen, leeren Parkplatz vor dem Bahnhof gehalten.
„Und jetzt?“
„Rifgebirge?“, meint Joshua mit fragendem Unterton.
Ich überlege wie ich ihm mitteilen soll, dass ich zwar die Beerdigung meiner Schwester nicht als Urlaub betrachte, trotzdem gerne etwas von diesem Land sehen möchte, in dem ich noch nie war und so schnell auch nicht wieder sein werde.
„Möchtest du nicht auch ein bisschen was … besichtigen?“
Er wirkt verunsichert.
„Von mir aus, wenn du willst, können wir schon.“
Bei mir denke ich, sie ist doch schon tot, so lange wird sie schon noch Zeit haben.

In einem Anflug von Abenteuerlust nehmen wir den Kampf mit dem Straßenstaub und der Weite auf. Den Kofferraum voll Wasserflaschen und neben der Urne eine neue Straßenkarte von Marokko, fahren wir Richtung Süden. Joshua vertreibt sich die Zeit damit, alle möglichen neuen Schokoriegelsorten und seltsame, in fremden Zeichen beschriftete Süßigkeiten in sich hineinzustopfen. Die Bezeichnung Gourmet erlangt in Joshua eine komplett neue Bedeutung. Er betreibt Zuckertourismus.

Die Wüste macht ihren trockenen Mund auf und verschluckt uns. In ihr gibt es nichts, um den Blick daran festzumachen. Joshua weicht mir im Rückspiegel aus. Napoleon gibt seltsame Geräusche von sich, man könnte befürchten, er würde ersticken. Ich glaube, mit den nackten Teilen meiner Haut an den Autositzen festzukleben, und es macht dieses Klettverschlussgeräusch, wenn ich mich bewegen möchte.

Dunkelheit umgibt uns, bevor wir noch irgendwo ankommen. Wirkliche Dunkelheit. Jemand, der mitten in Europa wohnt, und sei es in einem noch so kleinem Dorf, weiß nicht, was wirkliche Finsternis bedeutet. Die Zeit nach Sonnenuntergang, in der noch nichts anderes den Himmel betreten hat und sich die Autoscheinwerfer dermaßen einsam fühlen, dass man ein Wolfsgeheul anstimmen möchte.
Die Erinnerung an unsere Strandübernachtung ist noch frisch, trotzdem möchte ich jetzt nicht mehr weiterfahren. Es ist nicht mehr zu erkennen, wo die Straße

aufhört und der Staub anfängt oder ob wir sowieso schon einfach irgendwo fahren. Ich parke mich ein, so gut man sich absolut orientierungslos in der Wildnis einparken kann, und stelle meine Rückenlehne in eine halbwegs angenehme Schlafposition. Hoffentlich rammt uns kein anderer Blindfahrer, denke ich noch. Von der Rückbank dringt leises Schmatzen in den Anfang meiner Träume.

Die Gedanken laufen mir davon, und ich versuche verzweifelt, mit ihnen Schritt zu halten. Wieder schlägt die Tür hinter meiner Schwester zu. Wird der Schmerz in den Augen meines Vaters größer und seine Wangen noch eingefallener. Ich sitze an seinem Krankenhausbett und halte seine Hand. Bis zur Nulllinie.

Das Wecken am nächsten Morgen erfolgt unsanft durch saunaähnliche Hitze und starke Sonneneinstrahlung, die direkt auf meine geschlossenen Augenlider zielt. Beim Aufwachen habe ich in meinem Mund das Gefühl von Löschpapier. Die einzige Toilette weit und breit ist ein verkümmerter Strauch. Da aber die Gefahr eines zufällig vorbeifahrenden Zusehers nicht sehr hoch ist, macht mir das nichts aus. Ich dusche mit einer Wasserflasche und betrachte unseren schrumpfenden Vorrat.

In meiner Hoffnung kommen wir heute irgendwo an. Staubige, endlose Stunden später, zumindest kommt es mir so vor, erreichen wir eine Stadt. Es gibt so etwas wie Landschaft hier, und ich beschließe zu bleiben. Der Rest wird nicht nach seiner Meinung gefragt. Das erste Hotel, das wir am Stadtrand finden, ist zwar sehr schön, hat aber eine ausgedehnte Baustelle genau vor seiner Haustüre. Wir verabschieden uns dankend und nehmen unser Gepäck unter den Arm. Hintereinander treten wir in eine enge Gasse und setzen Fuß vor Fuß in das Innere der Stadt. Wir sehen alte Frauen, deren Falten so tief sind, dass sie darin ein zweites Gesicht verstecken könnten. Gemüse liegt auf schäbigen Teppichen ausgebreitet, und auf Schafsköpfen in ungekühlten Auslagen tanzen die Fliegen. Wir sind in Fes. Die Häuser schließen die Straßen über uns und machen den Weg zu einer unterirdischen Wanderung. In manchen Ecken ist der Gestank unbeschreiblich, ein Würgen setzt sich in meinem Magen fest, bis wir die Enge hinter uns gelassen haben und eine breitere Straße erreichen.

Wir bekommen ein Zimmer im obersten Geschoß, das eigentlich schon die Dachterrasse ist. Die Holztür hat Risse, durch die der Wind den Sand bläst. Gegenüber hängt eine Frau Wäsche auf ausgefranste Leinen und lächelt uns zu. Ich schlafe im Bett und Joshua auf dem Sofa, der Hund unter dem Tisch. Meine Schwester steht auf dem Tisch. Später, als uns ein lauter, lang gezogener Ruf aus dem Schlaf reißt, wird uns klar, dass die Luftlinie bis zum nächsten Minarett nicht mehr als zehn Meter beträgt. Ich vergrabe meinen Kopf unter dem Kissen, der Hund jault, und Joshua wirkt verzweifelt.

Danach ist an Schlaf nicht mehr zu denken, die Hitze hat um einige Grade nachgelassen, und mein Magen verlangt nach Nahrung.

Die Straßen sind voller Menschen, und jedes zweite Geschäft verkauft billigen Ramsch, Leder oder Teppiche. Wir finden ein Restaurant gleich neben einem hohen Steintor, dort setzen wir uns in die hinterste Ecke. Nach eingehendem Studium der Speisekarte, die ausschließlich heimische Gerichte beinhaltet, bestelle ich Couscous, wegen des halbwegs vertrauten Klanges. Joshua entscheidet sich für Orangensalat und eine Tauben-B'stilla, ein Gericht mit Fleisch und Eiern, in Teig gebraten und mit Zucker und Zimt bestreut. Er bringt es also zustande, sogar sein Fleisch süß zu sich zu nehmen. Ich schüttle den Kopf, als er nicht hinsieht.

Nach dem Essen trinken wir eine Tasse heißen Minzetee, der hier anscheinend überall dazugehört. Von der Süße und der Hitze wird mir schwindelig.

Wir schaffen es, den Souk zu durchqueren, ohne einen Ziegenhaarteppich oder ein handgemachtes silbernes Teeservice zu kaufen, und landen irgendwie in einem ruhigeren Teil der Altstadt. Mit Verwunderung sehen wir der Müllabfuhr zu, die aus einem Mann mit zwei Eseln besteht, wie er den Abfall aus den Rinnen seitlich des Weges aufhebt und die Tragtiere diesen in ihren Taschen abtransportieren. Hier gibt es keine Autos, die Straßen wären zu eng dafür.

Ich sehe ein kleines Mädchen unter einem Fenster stehen, und es hält einen Vogel in der Hand. Welches Kind wäre nicht verzaubert von der Vorstellung, einfach den Finger auszustrecken und die Vögel darauf landen zu lassen. Langsam gehe ich auf das Mädchen zu und spreche es an. Es hält mir den Vogel hin, und ich streichle mit dem Zeigefinger über seinen Kopf, er bewegt sich nicht, nur seine einheitlich dunklen Augen. Er sieht aus wie ein Sperling. Das Mädchen hält ihn mir hin und deutet mir, ihn auf den Finger zu nehmen. Tatsächlich bleibt er auf meiner Hand sitzen. Sie gibt zu verstehen, dass sie ein Geldstück haben möchte. Joshua drückt ihr zwanzig Cent in die Hand. Und auf einmal ist sie verschwunden.
Und wir stehen noch da. Ich mit dem Vogel in der Hand. Vorsichtig schüttle ich den Finger.

„Na los, flieg schon."
Der Vogel gleicht mein Schütteln mit Wippbewegungen aus.
„Flieg! Flieg weg!"
Mein Schütteln wird heftiger. Sein Wippen wird schneller. Aber er hat anscheinend nicht vor, mich so schnell zu verlassen.

Ich bin mit einem verqueren Psychologen und einem halb verhungerten Hund mitten in Marokko. Und ich habe einen Vogel. Einen anscheinend flugunfähigen.
Auf meine Anweisung hin fängt Joshua einige Fliegen, die man hier leicht findet. Der Vogel frisst zwei davon, als ich sie ihm in den Schnabel stecke. Ansonsten begnügt er sich damit, ab und an ein Tschilp von sich zu geben. Für heute habe ich genug von dieser Stadt und ordne den Rückzug in das Hotelzimmer an.
Dort baue ich aus Taschentüchern ein Nest und setze den Vogel nach einem ausgiebigen Vogelbad im Waschbecken hinein. Er steckt den Kopf unter den Flügel, dennoch fühle ich mich von seinem Blick verfolgt.
Paranoidere Personen als ich es bin würden vielleicht an Wiedergeburt glauben. Die Seele meiner Schwester in diesem unscheinbar braunen Vogel, der die sorgsame Erfüllung ihres letzten Wunsches überwacht. Oder auch,

dass ich die Finger von ihrem letzten Freund lasse. „Ich bin nicht wie du“, sage ich in das Zimmer.

Unser Schlaf wird immer wieder durch den Schrei des Muezzins unterbrochen, und ich verliere dabei nicht nur mein Zeitgefühl, sondern auch meinen Sinn für Wachen und Schlaf, und als ich Flügelflattern höre, bin ich mir zuerst nicht sicher, woher es kommt.
Mit halb offenen Augen sehe ich den Vogel gegen die Zimmertür fliegen und dann auf den Boden fallen. Ich hüpfe aus dem Bett, auf den sandigen Steinboden und versuche, das Tier zu fangen. Der Hund hebt nur träge den Kopf, und Joshua beobachtet meinen Versuch unbeteiligt.
Am Ende der erfolgreichen Jagd fühlt sich der Vogel aber anscheinend in meiner Hand zu wohl, um aus der nun extra für ihn geöffneten Türe zu fliegen. Er tschilpt mich an, und ich gebe auf.

Die Hitze hat unseren Schlaf lange und schwer werden lassen, so ist es fast wieder Mittag, als wir aufstehen. Auch an unserem zweiten Tag hier besuchen wir dasselbe Restaurant, dort war es gestern gut, und ich bin nicht für Experimente. Der Vogel sitzt im Brotkorb, und ich füttere ihn mit Couscous und Melone.

Joshua bleibt heute bei Salat.
Ich frage ihn, wie es ihm geht, er hat eine komische Gesichtsfarbe, und er meint, es wäre alles in Ordnung mit ihm. Das glaube ich erst, als er bei einem Stand ungefähr ein Kilo kleines Honiggebäck kauft und sofort beginnt, davon zu essen. Sein Unwohlsein schiebe ich auf die Temperaturen.
Am Nachmittag besichtigen wir eine Moschee und ein Teppichgeschäft, Letzteres verhilft uns zwar zu Gratistee, erleichtert aber unsere Reisekasse um einiges. Dafür besitzen wir nachher zwei angeblich echte Kamelhaarteppiche. Falls mich je religiöser Eifer befallen sollte und ich auf die Idee käme, vierzig Tage alleine in der Wüste zu verbringen, wäre ich auf alle Fälle gut ausgerüstet.
„Sollte man als Psychologe nicht gegen solche Verkaufstricks immun sein?"
Joshua zuckt nur mit den Schultern.
„Ist doch ein toller Teppich."
Ich werfe allen, die mich wegen des Vogels in meiner Hand seltsam ansehen, einen drohenden Blick zu.
Der Souk und seine Lautstärke, die Sonne und die Gerüche ermüden mich schnell. Ich kaufe noch einige Gewürze aus riesigen Tonschalen, frisch abgefüllt in kleine Tüten. Im Hotel zurück, hat es Joshua plötzlich eilig und

verschwindet für längere Zeit. Später, als er von der Toilette wiederkommt, ist er weiß im Gesicht, und der Schweiß steht ihm auf der Stirn.

„Wohl etwas Falsches gegessen …“, keucht er.

Und fällt der Länge nach auf das Sofa. In einem Anfall von mütterlicher Fürsorge lege ich ihm nasse Tücher auf die Stirn und flöße ihm Wasser ein.

„Keine Ahnung, wir trinken doch das Wasser immer nur aus den Flaschen“, überlege ich.

„Allerdings, es könnte doch sein … der Salat.“

Er sieht mich an.

„Wie meinst du das, der Salat?“

„Vielleicht waschen die den mit ihrem Wasser.“

„Ach du Scheiße.“

Er lässt seinen Kopf zurückfallen und sieht erbarmungswürdig aus. Soll nicht so tun, als ob er die Malaria hätte, denke ich bei mir, tätschle ihm aber die Wange.

„Wird schon wieder“, sage ich.

Die Nacht ist ruhig bis auf die gelegentlichen Ausbrüche Joshuas, der auf dem Weg zum Abort über das marokkanische Gesundheitswesen schimpft und über die hygienischen Zustände im Allgemeinen.

Mein Frühstück nehme ich, rechtzeitig vom Gebetsruf geweckt, allein ein. Der Herr Psychologe behält noch

nichts bei sich. Es gibt frisch gepressten Orangensaft, Gebäck und Marmelade. Und Minzetee.
Ich sitze auf der Dachterrasse unter einem Sonnensegel und blicke über die Stadt. Der Vogel sitzt neben mir und pickt die Sesamkörner vom Brot. Auf einmal fliegt er bis zur Mauer und dreht seinen Kopf nach mir um. Ich unterdrücke den Impuls aufzuspringen und sehe zu, wie er drei Dächer weiterfliegt. Und noch ein paar. Und aus meiner Sichtweite verschwindet. Ich hätte sowieso nicht gewusst, wie ich den Vogel im Handgepäck bei der Rückreise erklären hätte sollen.

Ich packe Joshua und den Hund auf die Rückbank, versehe die beiden mit Wasser und fahre einfach los, so weit ich komme. Bis zum nächsten Mal Stehenbleiben. Irgendwie tut er mir leid, der Joshua.
Wir nehmen den gleichen Weg zurück, den wir gekommen sind, soweit ich überhaupt weiß, wie ich gefahren bin, wieder mit einem Zwischenstopp. Die Wüste gibt sich leblos.

Dann sind wir wieder in der Hafenstadt Tanger, und ich habe das Gefühl, dass mehr als diese drei Tage vergangen sind. Joshua besucht regelmäßig die Toilette und wirkt noch immer etwas grün um den Mund.

Das Rifgebirge wurde uns von einem der Taxifahrer an unserem ersten Tag hier als das „Kiffgebirge" angepriesen. Joshua hatte nur einmal leicht mit dem Mundwinkel gezuckt. Ich fragte mich, welche Drogen er nimmt. Als Psychologe hat man wahrscheinlich Zugang zu allen möglichen interessanten Stoffen. Das war in den Augen meiner Schwester sicher auch so etwas wie ein Pluspunkt. Ob sie sich von ihm etwas verschreiben hat lassen, würde mich interessieren.
Fast fahre ich in eines der vielen Mopeds, und auf einmal haben wir die Stadt hinter uns gelassen und sind auf dem Weg zur letzten Etappe unserer Odyssee.

Halb versteckte Hanfplantagen und kleine Bars, deren Inneres nicht einmal zur Mittagszeit heller wird. Ein bisschen höhere Hügel als sonst. Ein schmutziges Grün. Unser Auto ist von einer feinen Staubschicht bedeckt. Ich habe es im Schatten des einzigen knorrigen Baumes geparkt, aber das ist ungefähr so erfolgreich wie der Versuch eines Sumo-Ringers, sich hinter einem magersüchtigen Mädchen zu verstecken.
Nachmittagspause. Es ist „tea-time", wie die Engländer so schön sagen.
Wir trinken heißen Minzetee mit viel Zucker und essen Lamm-Tajine. Eigentlich esse ich das. Joshua bleibt bei

trockenem Brot. Der Brotkorb steht zwischen uns. Ich komme bei meinen Gedankengängen irgendwie darauf, dass wir nun doch schon einige Zeit miteinander verbracht haben, aber ich noch immer nicht sehr viel von ihm weiß.

„Wo wohnst du eigentlich genau in Salzburg?"

Er überlegt kurz und spricht dann mit vollem Mund.

„Wohnen kann man so nicht sagen."

„Warum?"

Wieder dauert es, bis ich eine Antwort bekomme.

„Ich habe dir doch erzählt, dass ich vorübergehend arbeitslos bin."

Das Wort „vorübergehend" betont er. Mit einer Handbewegung fordere ich ihn zum Weitersprechen auf. Er fixiert seinen leeren Teller mit den Brotkrümeln darauf.

„Ich hatte eine zweistöckige Wohnung in der Innenstadt, aber die wurde dann zu teuer. Die letzten zwei Monate haben wir bei Freunden gewohnt. Oder manchmal in Hotels."

Ohne es zu wollen, rolle ich mit den Augen. Ich weiß wohl, wer auch dieses Mittagessen bezahlen muss. Vom Geld meiner Schwester ist schon lange nichts mehr übrig.

Irgendwann müssen wir das Auto stehen lassen und zu Fuß weitergehen. Napoleons Zunge hängt fast bis zum

staubigen Boden und Joshuas würde, wenn sie könnte. Binnen weniger Minuten ist mein T-Shirt nass und mein Mund trocken. Ich habe Angst, dass Joshua einen Kreislaufzusammenbruch erleiden könnte. Die Urne wird immer schwerer in meinen Händen. In meinem Kopf spielen sich alle peinlich-lustigen Filmszenen, die ich jemals gesehen habe und in denen Urnen eine Rolle spielen, der Reihe nach ab. Meine größten Befürchtungen betreffen die Windrichtung, was bei diesem Wetter aber ziemlich unnötig ist. Außerdem habe ich ein seltsames Gefühl des Abschieds in mir gefunden. Als wir auf etwas stehen, was die Bezeichnung Gipfel zwar nicht ganz verdient, aber doch ein angemessener Ort scheint, sehen wir irgendwo fern das Meer. Ich bleibe stehen und überlege.
„Möge sie in Frieden ruhen …?"
Joshua sieht mich fragend an. „Das kann doch nicht alles sein?!"
Ich zucke mit den Schultern. „Soll ich vielleicht singen?"
„Wie wäre es mit ‚Stairway to Heaven'?"
Ich denke, „Highway to Hell" wäre angebrachter, sage aber nichts. Irgendwann sollte man mit dem Vergeben anfangen. Wir fangen an zu singen, leise und falsch. Leider geht uns irgendwo nach der ersten Strophe der Text aus. Der Hund sollte eigentlich jaulen oder so, hat sich aber in den Schatten gelegt.

Es reicht. Kurz entschlossen leere ich die Urne aus, mit Vorsicht und mit dem Wind, und summe eine Strophe „Amazing Grace".

„Bis dann", sage ich, und irgendwie sind meine Augen feucht. „Komm!"

Wir gehen etwas schneller als vorher, als wir gekommen sind. Nach hundert Metern fehlt mir das Keuchen des Hundes. Wir drehen um und finden ihn noch immer im Schatten liegend. Ich stoße ihn mit meinen Schuhspitzen. Leider bewegt er sich nicht mehr. Joshua und ich sehen uns an. Ich denke, gleich fängt er an zu heulen. Den Impuls, ihn am Arm zu nehmen, unterdrücke ich.

Ich sage noch mal: „Bis dann", und gehe wieder. Im Auto setze ich mich hinter das Lenkrad und warte. Ich warte lange. Irgendwann kommt Joshua nach. Seine Finger sind erdig, und unter seinen Nägeln hat sich Schmutz gesammelt. Wieder drohen meine Augen feucht zu werden.

Der lange Nachhauseweg beginnt hier.

Im Auto sagt er: „Ist vielleicht besser so." Ich sage nichts. Wir fahren wieder Richtung Tanger und verstehen nicht, was im Radio läuft.

„Weißt du, ihr hat eigentlich nie ein Mann etwas getan", sage ich.

Joshua isst Schokorosinen am Rücksitz und wischt seine Finger an der Polsterung ab. Er befindet sich anscheinend schon wieder auf dem Weg der Besserung. Mit seiner Ernährung braucht man auch einen widerstandsfähigen Magen. Keine Reaktion auf meinen Satz.
„Bei mir hat es einmal einer versucht."
Durch die offenen Fenster verschwindet der letzte Hundegeruch.
„Was ist passiert?"
Er wirkt nicht beeindruckt. So ein Psychologending vielleicht. Um den Patienten zum Reden zu bringen.
„Ich hab ihm zwischen die Beine getreten. Mehrmals. Er ist jetzt zeugungsunfähig."
Das mit dem Messer verschweige ich.
Im Rückspiegel nickt Joshua. „Das kann ich gut verstehen."
Unter dem Auto verschwinden die Kilometer der Straße.

In Spanien wohnen wir an diesem Abend in einer kleinen Pension, fast am Meer. Die Stimmung ist gedrückt, und die Gespräche werden immer seltsamer, aber unser Lachen klingt verzweifelt. Irgendwann sind wir gemeinsam beim Öffnen der vierten Flasche Wein angekommen.
„Eigentlich sollten wir keinen Wein trinken", murmelt Joshua.

„Warum, hast du etwas gegen Alkohol?"
Fast fällt der Satz über meine Zunge.
„Nein, das nicht. Was Klares, Gebranntes wäre nur sinnvoller, dachte ich."
Ich muss lachen und lege ihm die Hand auf den Arm. Er streicht darüber, und ich trinke noch ein Glas. Wir lachen weiter, damit wir nicht weinen müssen.
Dann fange ich an zu reden. Ohne Angst vor seiner Analyse zu haben. Ich erzähle ihm alles, und am Ende warte ich nur auf seinen Kommentar.
„Alles ist gut", sagt er nur.
„Wie, alles ist gut?", lalle ich.
„Genau so, wie ich es gesagt habe", antwortet er.
Ich lege meinen Kopf an seine Schulter.
In dieser Nacht schlafen wir miteinander. Als ich mich danach umdrehe und aus dem offenen Fenster sehe, fühle ich mich befreit von einer Last, von der ich gar nicht wusste, dass ich sie getragen habe.
„Schlaf gut", sage ich und meine damit nicht nur Joshua.

Am nächsten Morgen im Auto sehen wir uns nicht in die Augen. Dafür fehlt uns heute der Alkohol. Joshua vergräbt sich in seinen Süßigkeiten. Irgendwann beschließe ich, dass dieses Verhalten dämlich ist, und drehe das Radio auf. Es läuft einer meiner Lieblingssongs, ich singe zuerst leise mit. Dann lauter. Beim zweiten Refrain stimmt Joshua ein. Er lächelt.

„Weißt du was?", frage ich ihn und sehe ihn über den Spiegel an. „Wenn wir zu Hause sind, gehen wir und kaufen einen neuen Hund."
Er legt seine Stirn in Falten und sieht mich von der Seite an. Skepsis liegt in seinem Blick.
Meine Mundwinkel heben sich leicht, als ich sage: „Na ja, ich dachte, du könntest erst mal bei mir wohnen, weil du ja keine Wohnung mehr hast."
„Erst mal", wiederholt er.
„Ja. Solange du willst. Du könntest dir in Wien Arbeit suchen." Unsere Blicke treffen sich über den Rückspiegel. Er streckt die Hand aus, und eine Tüte Gummibärchen erscheint neben meinem rechten Ohr.
„Möchtest du auch eines?" Sein Grinsen im Spiegel wird immer breiter.
Ich greife in die Tüte, nehme mir nur rote und grüne Bärchen und stecke sie alle auf einmal in den Mund. Dann drehe ich das Radio weiter auf. Wir singen laut, als ob wir nicht ganz normal im Kopf wären. Vielleicht sind wir das auch.

Unsere Erinnerung ist wie ein verlassener Hof im Inneren eines großen, alten Hauses. Begeben wir uns dorthin, sind wir unweigerlich allein.

Die Gegenwart wird unablässig zu abgefallenen Blättern, welche die Pflastersteine im Hof bedecken. Immer höher. Mit den Jahren verlieren die meisten ihre Farbe, werden brüchig, und manche von ihnen zerfallen einem unter den Fingern, wenn man sie wieder einmal in die Hand nimmt.

Diese Blätter werden zum Humus, aus dem die Saat unserer Persönlichkeit sprießt, der Boden auf dem wir mit den Beinen stehen und auf dem wir unseren Kopf zur Ruhe legen.

Unsere Erinnerung ist ein einsamer Hof hinter hohen Mauern. Aber immer kehren wir wieder, um Hand an unsere Erinnerungen zu legen. Mit Laubrechen und Schaufeln, um die Blätter zu Haufen zu ordnen. Und manche von uns zünden diese Haufen sogar an. Dann lächeln sie dem Rauch hinterher, vom Ballast befreit und erstaunt darüber, wie viel doch ein paar trockene Blätter wiegen können.